La Ciudad Flotante

Por

Julio Verne

CAPÍTULO I

Llegué a Liverpool el 18 marzo de 1867. El Great Eastern debía zarpar a los pocos días para Nueva York, y acababa de tomar pasaje a su bordo. Viaje de aficionado, ni más ni menos. Me entusiasmaba la idea de atravesar el Atlántico sobre aquel gigantesco barco. Contaba con visitar el norte de América, pero esto era sólo accesorio. El Great Eastern ante todo; el país celebrado por Cooper, después. En efecto, el buque de vapor a que me refiero es una obra maestra de arquitectura naval. Es más que un barco, es una ciudad flotante, un pedazo de condado desprendido del suelo inglés y que, después, de haber atravesado el mar, debía soldarse al continente americano. Me figuraba aquella masa enorme arrastrada sobre las olas, su lucha con los vientos a quienes desafía, su audacia ante el importante mar, su indiferencia a las expresadas olas, su estabilidad en medio del elemento que sacude, como si fueran botes, los Wario y los Sollerino. Pero mi imaginación se quedó corta. Durante mi travesía, vi todas estas cosas y otras muchas que no son del dominio marítimo. Siendo el Great Eastern no sólo una máquina náutica, sino un microscopio, pues lleva un mundo consigo, nada tiene de extraño que en él se encuentren, como en otro teatro más vasto, todos los instintos, todas las pasiones, todo el ridículo de los hombres.

Al dejar la estación me dirigí a la fonda de Adephi. La partida del Great Eastern estaba anunciada para el 30 de marzo, pero, deseando presenciar los últimos preparativos. Pedí permiso al capitán Anderson, comandante del buque; para instalarme desde luego a bordo. El capitán accedió con mucha finura.

Bajé al día siguiente, hacia los fondeaderos que forman una doble fila de docks en las orillas del Mersey. Los puentes giratorios me permitieron llegar al muelle de New Prince, especie de balsa móvil que sigue los movimientos de la marea y que sirve de embarcadero a los numerosos botes que hacen el servicio de Birkenhead, anejo de Liverpool, situado en la orilla izquierda del Mersey.

Este Mersey, como el Támesis, es un insignificante curso de agua, indigno del nombre de río, aunque desemboca en el mar. Es una vasta depresión del suelo, llena de agua, un verdadero agujero, propio por su profundidad, para recibir buques del mayor calado, tales como el Great Eastern, a quien están rigurosamente vedados casi todos los puertos del mundo. Gracias a su disposición natural, esos dos riachuelos, el Támesis y el Mersey, han visto fundarse en sus desembocaduras dos inmensas ciudades mercantiles, Londres y Liverpool; por idénticas causas existe Glasgow sobre el riachuelo Clyde.

En la cala de New Prince se estaba calentando un ténder, pequeño barco de vapor dedicado al servicio del Great Eastern. Me instalé sobre su cubierta, ya llena de trabajadores que se dirigían a bordo del gigantesco buque. Cuando estaban dando las siete de la mañana en la torre Victoria, largó el ténder sus amarras y siguió a gran velocidad la ola ascendente del Mersey.

Apenas había desatracado, reparé en un joven que quedaba en la cala, su estatura era elevada y su fisonomía aristocrática era la que distingue al oficial inglés. Me pareció reconocer en él a uno de mis amigos, capitán del ejército de la India, a quien no había visto hacía muchos años. Pero sin duda me engañaba, pues el capitán Macelwin no podía haber regresado de Bombay sin que yo lo supiera. Además, Macelwin era un muchacho alegre, un compañero divertido, y el personaje que estaba ante mis ojos parecía triste y como abrumado por un dolor secreto La rapidez con que se alejaba el ténder hizo que muy pronto se desvaneciera la impresión producida en mi mente por aquella semejanza.

El Great Eastern se hallaba anclado a unas tres millas más arriba, a la altura de las primeras casas de Liverpool. Desde el muelle de New Prince era imposible verlo. No lo distinguí hasta que llegamos al primer recodo del río. Su imponente mole parecía un islote medio dibujado entre la bruma. Se nos presentaba de proa, pero el ténder lo rodeó y pronto pude ver toda su longitud. Me pareció lo que era: ¡enorme! Tres o cuatro «carboneros» arrimados a él, vertían en su interior, por las aberturas practicadas sobre la línea de flotación, su cargamento de carbón de piedra. Junto al Great Eastern aquellas fragatas parecían lanchas. Sus chimeneas no llegaban a la primera línea de portas de luz practicadas en su casco; sus masteleros de juanete no pasaban de sus bordas. El gigante hubiera podido colgarlas de sus pescantes, como botes de vapor.

Entretanto, el ténder se acercaba y pasó bajo el estrave derecho del Great Eastern, cuyas cadenas se estiraban violentamente por el empuje de las olas, y atracó a su banda de babor, al pie de la ancha escalera que serpenteaba por sus costados. La cubierta del ténder apenas alcanzaba la línea de flotación del coloso, línea que debía llegar al agua cuando la carga fuera completa, pero que aún se hallaba dos metros por encima de las olas.

Mientras los trabajadores desembarcaban presurosos y trepaban por los tramos de la escalera del buque, yo, con el cuerpo echado hacia atrás y la cabeza aún más echada atrás que el cuerpo, como un viajero veraniego que mira un edificio elevado, contemplaba las ruedas del Great Eastern.

Vistas de lado, parecían flacas, escuálidas, aunque la longitud de sus palas fuera de cuatro metros; pero de frente presentaba un aspecto monumental. Su elegante armadura, la disposición de su sólido cubo, punto de apoyo de todo el sistema, sus puntales cruzados, destinados a mantener la separación de la triple llanta, aquella aureola de rayos encarnados, aquel mecanismo medio perdido en la sombra de los anchos tambores que coronaban el aparato, todo aquel conjunto impresionaba el ánimo y evocaba la idea de alguna potencia huraña y misteriosa.

¡Con qué energía, aquellas palas de madera, tan vigorosamente encajadas, debían azotar las aguas que, en aquellos momentos, el flujo rompía contra ellas! ¡Qué hervor el de las líquidas ondas, cuando aquel poderoso artificio las sacudiera, golpe tras golpe! ¡Qué de truenos en la caverna de aquellos tambores, cuando el Great Eastern marchaba a todo vapor, al impulso de aquellas ruedas de 53 pies de diámetro y 160 de circunferencia, de 90 toneladas de peso y moviéndose con la velocidad de 11 vueltas por minuto!

Los pasajeros del ténder habían desembarcado; puse el pie en los calados escalones de hierro, y algunos instantes después, me hallaba a bordo del Great Eastern.

CAPÍTULO II

La cubierta aún no era más que un inmenso astillero entregado a un ejército de trabajadores. No podía convencerme de que aquello fuera un buque. Muchos miles de hombres, jornaleros, marineros de la tripulación, maquinistas, oficiales, curiosos, se cruzaban, se codeaban sin incomodarse, unos por el puente, otros por las máquinas, unos agrupados, otros dispersos, por la jarcia, entre la arboladura, todos formando un revoltijo imposible de describir Aquí, garruchas volantes elevaban enormes piezas de fundición; allá, cabrias de vapor izaban pesadas vigas: sobre la cámara de las máquinas se balanceaba un cilindro de hierro verdadero tronco de metal; hacia la proa, las vergas trepaban; gimiendo, a lo largo de los masteleros; hacia la popa, se alzaba una andamiada que ocultaba, sin duda, un edificio en construcción. Se edificaba, se encajaba, se cepillaba, se pintaba, se clavaba, en incomparable desorden.

Mi equipaje estaba ya trasbordado. El capitán Anderson no se hallaba aún a bordo, pero uno de sus subordinados me instaló, con mis fardos, en un camarote de popa.

—Amigo —le dije— , aunque la salida del Great Eastern esté anunciada para mañana, es imposible que en veinticuatro horas estén concluidos estos preparativos. ¿Cuándo os parece que podremos salir de Liverpool?

Acerca de este punto, el personaje a quien me dirigía no estaba más enterado que yo. Me dejó solo. Entonces resolví visitar todos los rincones de aquel inmenso hormiguero, y empecé mi paseo, como un viajero curioso en una ciudad desconocida.

Un fango negro, ese lodo británico que se pega al empedrado de las ciudades inglesas, cubría la cubierta. Asquerosos arroyuelos serpenteaban por todos lados. Parecía que me hallaba en uno de los peores puntos del Uper Thames Street de Londres. Adelanté, rozando los camarotes que se prolongaban hacia la popa. Entre éstos y las bordas, a ambos lados del buque, se delineaban dos anchas calles o, por mejor decir, dos arrabales, ocupados por una multitud compacta. Así llegué al centro mismo del buque, entre los dos tambores, reunidos por un doble sistema de pasarelas.

Allí se abría el antro destinado a contener los órganos de la máquina de ruedas, y pude ver aquel admirable artificio de locomoción. Unos cincuenta trabajadores estaban repartidos en los huecos del metálico edificio, unos enganchados a los largos émbolos inclinados según diversos ángulos, otros colgados de las bielas; éstos ajustando el excéntrico, aquéllos asegurando con enormes llaves los cojinetes para los muñones. El tronco de metal, que descendía lentamente por la escotilla, era un nuevo árbol motor destinado a transmitir a las ruedas el movimiento de las bielas. De aquel abismo salía un ruido continuo, mezcla de sonidos agrios y discordantes.

Después de dirigir una ojeada a aquellos trabajos de ajuste, proseguí mi paseo y llegué a la popa, donde algunos tapiceros acababan de adornar una cámara bastante espaciosa, designada con el nombre de smoking room, que era el salón de fumar y a la vez el café de aquella ciudad flotante, alumbrado Por catorce ventanas, con cielo raso blanco y oro y con las paredes adornadas con molduras y cuarterones de madera de limoncillo. Después de atravesar una especie de plazoleta triangular, que formaba la proa del puente, llegué al estrave, que caía a plomo sobre la superficie de las aguas.

Desde aquel punto extremo pude ver, por un jirón de las bramas, la popa del Great Eastern, a más de dos hectómetros de distancia; semejante coloso bien merece que se empleen tales unidades para valuar sus gigantescas dimensiones.

Regresé por la calle de estribor, evitando el choque de las poleas que se columpiaban en los aires y los latigazos de la jarcia que el viento sacudía, librándome ya del beso de una volante, ya de las escorias inflamadas que una fragua vomitaba como un ramillete de fuegos artificiales. Apenas divisaba la parte superior de los mástiles, de 200 pies de altura, que se perdían entre la niebla a la que mezclaban su negro humo los tenders de servicio y los «carboneros». Más allá de la grande escotilla de la máquina de ruedas, observé una pequeña «fonda» a mi izquierda, y después la larga fachada de un palacio coronado por una azotea cuya barandilla estaban adornando. Por fin, llegué a la popa, el lugar donde se alzaba la andamiada consabida. Allí, entre el último camarote y el vasto enrejado sobre el cual se elevaban las cuatro ruedas del gobernalle, unos maquinistas acababan de instalar una máquina de vapor, compuesta de dos cilindros horizontales y de un complicado sistema de piñones, palancas y ruedas de escape. No comprendí al pronto su destino, pero me pareció que en aquella parte, como en las demás, los preparativos estaban muy lejos de tocar a su término.

¿Por qué tanto retraso? ¿Por qué tanta compostura en un buque relativamente nuevo? Diremos, sobre esto, algunas palabras.

Después de unas veinte travesías entre Inglaterra y America, una de las cuales fue señalada por accidentes muy graves, la explotación del Great Eastern quedó momentáneamente abandonada. Aquel inmenso barco, dispuesto para el transporte de viajeros, no parecía servir para nada: la desconfiada casta de los pasajeros de ultramar lo despreciaba. Después del fracaso de las primeras tentativas para establecer el cable sobre su meseta telegráfica (mal éxito, debido en gran parte a la insuficiencia de los buques que lo transportaban), los ingenieros se acordaron del Great Eastern. Sólo él podía almacenar a su bordo aquellos 3.400 kilómetros de alambre, que pesaban 4.500 toneladas. Sólo él podía, gracias a su indiferencia a los embates del mar, desarrollar y sumergir aquél inmenso calabrote. Pero la estiba del cable en el buque exigió cuidados especiales. Se quitaron dos calderas de cada seis y una chimenea de cada tres, pertenecientes a la máquina de la hélice, y en su lugar se dispusieron vastos recipientes, para alojar el cable preservándolo una capa de agua de las capas atmosféricas. De este modo, el hilo pasaba de aquellos lagos flotantes al mar, sin sufrir el contacto de la atmósfera.

La operación de tender el cable se efectuó con pleno éxito, y después, el Great Eastern fue relegado de nuevo a su costoso abandono. Tuvo entonces lugar la Exposición Universal de 1867. Una compañía francesa, llamada de los Fletadores del Great Eastern, se fundó, con el capital de dos millones de francos, con la intención de emplear el inmenso buque en el transporte de visitadores transoceánicos. De aquí la necesidad de volver a apropiar el Great Eastern a este destino, de cegar los recipientes, restablecer las calderas, agrandar los salones que debían habitar muchos miles de pasajeros; de construir aquellos camarotes con comedores suplementarios, y por último, de disponer tres mil camas en los costados del inmenso casco.

El Great Eastern fue fletado al precio de 25.000 francos mensuales. Se ajustaron dos contratas con «G. Forrester y Compañía», de Liverpool: la primera, de 538.750 francos para el establecimiento de las nuevas calderas de hélice; la segunda, de 662.500 francos, para reparaciones generales y mobiliario del buque.

Antes de emprender estos últimos trabajos, el «Board of Trade» exigió que el buque fuera sacado del agua, para poder reconocer escrupulosamente su casco. Hecha esta costosa operación, se reparó cuidadosamente y con grandes gastos una ligera grieta de la quilla. Procedióse luego a la instalación de las nuevas calderas. También fue preciso reemplazar el árbol motor de las ruedas, que se había resentido en el último viaje; aquel árbol, acodado en su parte central para recibir la biela de las bombas, fue substituido por un árbol provisto de dos excéntricos, lo cual aseguraba la solidez de tan importante pieza, que sufre todo el esfuerzo. Por primera vez, el gobernalle iba a ser movido por el vapor.

A esta delicada maniobra estaba destinada la máquina en que hemos visto trabajar a los operarios mecánicos, en la popa. El piloto, colocado sobre la pasarela del centro, entre los aparatos de señales de las ruedas y de la hélice, tenía bajo los ojos un cuadrante provisto de una aguja móvil, que le indicaba a cada instante la posición de su barra. Para modificarla le bastaba imprimir un leve movimiento a una ruedecilla de un pie de diámetro, colocada verticalmente, al alcance de su mano. Las válvulas se abrían acto continuo; el vapor de las calderas se precipitaba por largos tubos o conductos a los dos cilindros de la pequeña máquina; los émbolos se movían con rapidez, las transmisiones funcionaban, y el gobernalle obedecía instantáneamente a esta irresistible combinación de fuerzas. Esto debía suceder, según la teoría, si la práctica no demostraba otra cosa, un solo hombre podría gobernar, con un dedo, la masa colosal del Great-Eastern.

Por espacio de cinco días prosiguieron los trabajos con febril actividad. Los retrasos perjudicaban notablemente a la empresa de los fletadores, pero los contratistas no podían hacer más. La partida se fijó irrevocablemente para el día 26 de marzo. El 25, la cubierta del Great Eastern estaba aún obstruida por todo el material suplementario.

Pero durante este último día, la cubierta, las pasarelas, los camarotes se desocuparon poco a poco; se deshicieron los andamios, desaparecieron las garruchas; se dio por terminado el ajuste de las máquinas; se golpearon los últimos pasadores y se apretaron los tornillos en las últimas tuercas; las piezas bruñidas recibieron un barniz blanco que debía preservarlas de la oxidación durante el viaje; se llenaron los depósitos de aceite; la última placa descansó, por fin, sobre su mortaja metálica. Aquel día hizo el ingeniero la prueba de las máquinas. Una enorme cantidad de vapor se precipitó a la cámara de éstas. Asomado a la escotilla, envuelto en aquellas cálidas emanaciones, no me era posible ver nada, pero oía cómo los largos émbolos gemían al recorrer sus cajas de estopas y cómo oscilaban con ruido los gruesos cilindros sobre sus sólidos apoyos. Un fuerte hervor se producía bajo los tambores, mientras las palas golpeaban lentamente las aguas turbias del Mersey. Hacia la popa, la hélice azotaba las olas con su cuádruple rama. Las dos máquinas, independientes entre sí, estaban prontas a funcionar.

A eso de las cinco, atracó una lancha de vapor, destinada al Great Eastern. Su locomóvil fue desprendida e izada luego al puente, por medio de cabrestantes. Pero no fue posible embarcar la lancha, pues su casco de acero pesaba tanto que los apoyos de las palancas cedieron bajo la carga, efecto que no se hubiera producido, sin duda, si se hubieran empleado balancines. Fue, pues, preciso abandonar aquella lancha, pero aún le quedaba al Great Eastern un rosario de dieciséis embarcaciones colgadas de sus pescantes.

Por la tarde todo estaba ya concluido, o poco menos. Las calles, limpias, no ofrecían ya señal de barro; el ejército de los barrenderos había pasado por ellas. La estiba había terminado. Víveres, mercancías, combustible ocupaban las despensas, los almacenes y las carboneras. Sin embargo, el buque no se hundía aún hasta la línea de flotación, no sacaba los nueve metros reglamentarios, lo cual era un inconveniente para las ruedas, cuyas paletas, insuficientemente sumergidas, debían dar menos impulso. Pero, no obstante, podíamos partir. Me acosté, con la esperanza de salir al mar al día siguiente. No me engañaba. El 26 de marzo, al rayar el día, vi flotar en el palo de mesana el pabellón americano, en el mayor el pabellón francés y en el trinquete el pabellón de Inglaterra.

CAPÍTULO III

En efecto, el Great Eastern se disponía a zarpar. De sus cinco chimeneas se escapaban ya algunas volutas de humo negro. Una espuma caliente transpiraba a través de los pozos profundos que daban acceso a las máquinas. Algunos marineros bruñían los cuatro grandes cañones que debían saludar a Liverpool a nuestro paso. Algunos gavieros corrían por las vergas, recorriendo la jarcia para facilitar la maniobra. Se estiraban los obenques, encapillándolos debidamente y haciéndolos bajar a las mesas de guarnición. A eso de las once, los tapiceros clavaban los últimos clavos y los pintores daban la última mano de barniz. Después, todos se embarcaron en el ténder que los aguardaba. Así que la presión fue suficiente, se envió el vapor a los cilindros de la máquina motriz del gobernalle y los maquinistas reconocieron que el ingenioso aparato funcionaba regularmente.

El tiempo era bastante bueno; el sol se dejaba ver con claridad y sólo momentáneamente lo cubría alguna nube. En alta mar debía soplar bien el viento, lo cual importaba bastante poco al Great Eastern.

Todos los oficiales se hallaban a bordo, repartidos por todo el buque, para preparar el aparejo. El Estado Mayor se componía de un capitán, un segundo, dos segundos oficiales, cinco tenientes, uno de ellos francés, mister H..., y un voluntario, francés también.

El capitán Anderson goza de gran reputación en la Marina mercante inglesa. A él se debe la colocación del cable transatlántico. Verdad es que si triunfó donde fracasaron sus antecesores fue porque trabajó en condiciones mucho más favorables, teniendo el Great Eastern a su disposición. Lo cierto es que su triunfo le valió el título de sir, otorgado por la reina. Encontré en él un comandante muy amable. Era un hombre de unos cuarenta años; sus cabellos tenían ese color rubio que se conserva a pesar de la edad, su estatura era elevada, su cara ancha y risueña y de tranquila expresión; su aspecto era verdaderamente inglés; su paso lento y uniforme, su voz dulce; sus ojos pestañeaban con frecuencia, sus manos nunca iban metidas en los bolsillos y siempre ostentaban estirados guantes; vestía con elegancia, pero con esta seña particular: la punta de su pañuelo blanco salía siempre del bolsillo de su levita azul con triple galón de oro.

El segundo del buque ofrecía un contraste singular con el capitán Anderson. Es fácil de retratar: es un hombrecillo vivaracho, muy moreno, con ojos algo inyectados, con barba negra que le llega a los ojos; piernas arqueadas que desafían todas las sorpresas del balance. Marino activo, vigilante, muy instruido en los pormenores, daba sus órdenes con voz breve órdenes que repetía el contramaestre con ese ronquido de león constipado peculiar a la Marina inglesa. El segundo se llamaba W... y era, según tengo entendido, un oficial de la Armada, empleado, con permiso especial, a bordo del Great-Eastern. Su modo de andar era de «lobo de mar» y debía de ser de la escuela de aquel almirante francés, valiente a toda prueba, que en el momento del combate gritaba siempre a su gente: «¡Animo, muchachos, no tropecéis! ¡Ya sabéis que tengo la costumbre de hacerme ascender! »

Las máquinas corrían a cargo de un ingeniero jefe, auxiliado por diez oficiales mecánicos. A sus órdenes maniobraba un batallón de 250 maquinistas, fogoneros o engrasadores, que no salían de las profundidades del barco.

Diez calderas, con diez fogones cada una, es decir, cien fuegos que vigilar, tenían al batallón ocupado noche y día.

La tripulación propiamente dicha, contramaestre, gavieros, timoneles y grumetes, era de unos 100 hombres. Además, había 200 mozos destinados al servicio de los pasajeros.

Cada cual estaba en su puesto. El práctico que debía «sacar» el Great Eastern de la barra de Mersey, estaba a bordo desde el día anterior. Vi también a un piloto francés, de la isla de Moléne, cerca de Ouessant, que debía hacer con nosotros la travesía de Liverpool a Nueva York, y al regreso hacer entrar el Great Eastern en la rada de Brest.

—Empiezo a creer que saldremos hoy —dije al teniente H.

—No esperamos más que a los viajeros —respondió mi compatriota.

—¿Son muchos?

—Cerca de mil trescientos.

Era la población de un pueblo grande.

A las once y media fue señalado el ténder, colmado de pasajeros, que rebosaban de las cámaras, que se apiñaban en las pasarelas, que se apretaban sobre las montañas de fardos que había sobre la cubierta; algunos iban tendidos sobre los tambores. Eran, como supe muy pronto, californianos, canadienses, yanquis, peruanos, americanos del Sur, ingleses, alemanes y dos o tres mil franceses. Entre ellos se distinguían el célebre Cyrus Field, de Nueva York; el honorable John Rose, del Canadá; el honorable Macalpine, de Nueva York; mister Alfredo Cohen, de San Francisco; mister Whitney, de Montreal; el capitán Macph... y su esposa. Entre los franceses se hallaban el fundador de la «Sociedad de los Fletadores del Great Eastern», mister Jules D.... representante de la «Telegraph Construction and Maintenance Company», que había contribuido a poner en práctica el proyecto, con veinte mil libras.

El ténder atracó al pie de la escalera de estribor, y dio principio a la interminable ascensión de equipajes y pasajeros, pero sin prisa, sin gritos, como si todos fueran personas que entraran tranquilamente en su casa. Si hubieran sido franceses, hubieran creído su deber subir como al asalto, a guisa de verdaderos zuavos.

El primer cuidado de cada pasajero, al poner el pie en el Great Eastern, era bajar a los comedores, para marcar el puesto de su cubierto. Una tarjeta o su nombre, escrito con lápiz en un pedazo de papel bastaban para asegurarle su toma de posesión. En aquel momento se estaba sirviendo un almuerzo, y no tardaron las mesas en verse rodeadas de convidados, que cuando son anglosajones, saben combatir perfectamente, esgrimiendo el tenedor, el fastidio de una travesía.

Con objeto de seguir todos los pormenores del embarque, me había quedado sobre cubierta. A las doce y media todos los equipajes estaban transbordados. Allí pude ver, revueltos, mil fardos de todas formas y tamaños; cajones grandes como coches, capaces de contener un mobiliario completo; estuches de viaje de elegancia perfecta; sacos de formas caprichosas, y muchas de esas maletas americanas o inglesas, tan fáciles de reconocer por el lujo de sus correas, su hebillaje múltiple, el brillo de sus chapas y sus gruesas fundas de lona o de hule, con dos o tres grandes iniciales caladas en sendas chapas de hojalata. Pronto desapareció toda aquella balumba en los almacenes (iba a decir en las estaciones del entrepuente), y los últimos trabajadores, mozos de cuerda o guías, volvieron al ténder, que se alejó, después de haber ensuciado el Great Eastern con las escorias de su humo.

Volvía hacia la proa, cuando de pronto, me hallé en presencia del joven a quien había visto en el muelle de New-Prince. Se detuvo al verme y me tendió una mano que estreché cariñosamente.

—¿Vos aquí, Fabián? —exclamé.

—Yo mismo, amigo querido.

—No me engañé cuando, hace algunos días, creí veros en el embarcadero. ¿Vais a América?

—Sí. ¿En qué puede emplearse mejor una licencia de algunos meses, que en correr el mundo?

—¡Dichosa la casualidad que os ha hecho elegir el Great-Eastern para vuestro paseo!

—No ha sido, casualidad, querido compañero. Leí en un periódico que habíais tomado pasaje a bordo de este buque y he querido hacer el viaje con vos.

—¿Acabáis de llegar de la India?

—El Dodavery me dejó anteayer en Liverpool.

—¿Y viajáis, Fabián... ? —le pregunté observando su rostro pálido y triste.

—Para distraerme, si puedo —respondió, estrechando mi mano con emoción, el capitán Fabián Macelwin.

CAPÍTULO IV

Fabián se separó de mí, para ir a reconocer su alojamiento, en el camarote 73 de la serie del gran salón, cuyo número estaba marcado en su billete. En aquel momento, gruesos borbotones de humo revoloteaban en torno de las anchas bocas de las chimeneas del buque. Oíase estremecer el casco de las calderas hasta en las profundidades de la nave. Huía el estridente vapor por los tubos de escape, volviendo a caer sobre cubierta, en forma de menuda lluvia.

Estrepitosos remolinos revelaban que se estaban ensayando las máquinas. La presión decía al ingeniero que podíamos partir.

Fue preciso ante todo levar el ancla. La marea subía aún y el Great Eastern, movido por su empuje, le presentaba la proa. Todo estaba dispuesto para bajar el río. El capitán Anderson había tenido que aprovechar aquel momento para aparejar, pues la eslora del Great Eastern no le permitía evolucionar en el Mersey. No arrastrado por la bajamar, sino al contrario, resistiendo la rápida marea, era más dueño de su barco y estaba más seguro de poder maniobrar hábilmente por entre las numerosas embarcaciones que surcaban el río. El más leve contacto con aquel gigante hubiera sido desastroso.

Levar el ancla en tales condiciones exigía esfuerzos considerables. En efecto, el buque, a impulso de la corriente, estiraba las cadenas que lo amarraban. Además, un fuerte viento del Sudoeste, hallando en su masa un obstáculo, unía su acción a la del flujo. Para arrancar las pesadas anclas del fondo de cieno se necesitaban poderosos aparatos. Un anchor boat, buque especial, destinado a esta operación, se enganchó a sus cadenas; pero no bastando sus cabrestantes, hubo que recurrir a los aparatos mecánicos que tenía a su disposición el Great Eastern.

En la proa, para izar las anclas, estaba dispuesta una máquina de la fuerza de setenta caballos. Se obtenía una fuerza considerable, que podía actuar inmediatamente sobre el cabrestante a que se enganchaban las cadenas, sin más que hacer pasar a los cilindros el vapor de las calderas. Pero la inmensa fuerza de la máquina fue insuficiente y hubo que acudir en su socorro. Cincuenta marinos, obedeciendo una orden del capitán Anderson colocaron las palancas y empezaron a virar el cabrestante.

El buque empezó a avanzar sobre sus anclas, pero con mucha lentitud. Los eslabones rechinaban penosamente en los escobones; me parece que algunas vueltas de rueda, que hubieran permitido embragar más fácilmente, hubieran aliviado mucho las cadenas.

Hallábame entonces en la toldilla de proa con algunos pasajeros, que contemplaban, como yo, los progresos de la operación. A mi lado, un viajero, impaciente, sin duda, por la lentitud de la maniobra, se encogía de hombros a cada instante, burlándose de la imponente máquina. Era un hombrecillo flaco, nervioso, de viveza ratonil, cuyos ojos apenas se distinguían bajo los pliegues de sus párpados. Un fisonomista hubiera comprendido, a la primera ojeada, que la vida se presentaba de color de rosa a aquel filósofo, discípulo de Demócrito, que no daba punto de reposo a sus músculos cigomáticos, necesarios para la acción de la risa. Por lo demás, como luego tuve ocasión de ver, era un buen compañero de viaje. «Hasta ahora — me dijo— había yo creído que las máquinas servían para ayudar a los hombres, y no para que éstos las ayudaran.»

Iba a responder a observación tan sensata, cuando se oyeron gritos. Mi vecino y yo corrimos a la proa, donde pudimos ver que habían sido derribados todos los trabajadores de las palancas: unos se levantaban, otros no podían levantarse. Un piñón de la máquina había saltado, y la poderosa acción de las cadenas había hecho girar con espantosa fuerza el cabrestante. Los marineros habían sido heridos, con terrible violencia, en el pecho o en la frente. El irresistible molinete descrito por las sueltas barras había herido a doce marineros y muerto a cuatro. Entre los heridos se hallaba el contramaestre, que era un escocés llamado Dundée.

Todos acudimos. Los heridos fueron llevados a la enfermería y se mandó desembarcar los cadáveres. La vida de las gentes pobres es tan poca cosa para los anglosajones, que apenas causó impresión a bordo tan triste suceso. Aquellos desgraciados, muertos o heridos, no eran más que dientes de una rueda, fáciles de reponer. El ténder, dócil a una seña que se le hizo, volvió a atracar a nuestro costado.

Me dirigí a la escalera que no se había quitado aún. Los cadáveres, envueltos en mantas, fueron colocados sobre cubierta, en el ténder. Uno de los médicos de la dotación del Great Eastern, fue a acompañarlos a Liverpool, con orden de regresar cuanto antes a bordo. Alejóse el ténder, y los marineros lavaron las manchas de sangre que ensuciaban el puente.

Detalle curioso. Un viajero levemente herido por una astilla, se marchó en el ténder, aprovechando la ocasión. Ya estaba saturado de Great Eastern.

Yo miraba el ténder, que a todo vapor se alejaba, cuando oí a mi irónico compañero, que murmuraba detrás de mí:

—¡Buen principio de viaje!

—No puede ser peor —repliqué— ¿Tengo el honor de hablar a... ?

—Al doctor Dean Pitferge.

CAPÍTULO V

La operación había empezado de nuevo. El anchor boat permitió aliviar las cadenas, y las anclas dejaron al fin el tercer lecho. La una y cuarto daban en los relojes de Birkenhead; para aprovechar la marea, era indispensable que el Great Eastern no retardara más su salida. Subieron a la pasadera el capitán y el piloto. Colocóse un teniente junto al aparato de señales de las ruedas y otro junto al de la hélice; entre los dos, junto a la ruedecilla destinada a mover el timón, estaba el timonel. Otros cuatro timoneles, para el caso de que llegara a faltar la máquina de vapor, vigilaban en la parte de popa, dispuestos a maniobrar las grandes ruedas del timón. Para bajar el río, el Great Eastern no tenía más que hendir la marea.

Diose la señal de partir. Resonó la hélice en la popa, azotaron las ruedas lentamente las primeras capas de agua, y empezó a moverse el buque.

Casi todos los viajeros contemplaban, desde la toldilla de proa, el doble paisaje que ofrecían Liverpool a la derecha y Birkenhead a la izquierda. El Mersey no dejaba, para el paso de nuestro enorme buque, más que estrechos callejones, entre los buques anclados y los que se movían subiendo o bajando. Pero, sensible a los más leves movimientos de la mano del piloto, el Great Eastern se deslizaba por aquellas angosturas, ágil como una piragua. Hubo un momento en que me pareció imposible que dejáramos de pasar por ojo a una fragata que cruzaba la corriente y que rozó, con sus penoles, el casco de nuestra gigantesca nave; pero se evitó el choque, y cuando, desde las cofas, pude ver aquel barco de 700 a 800 toneladas, me pareció uno de esos barquitos con que los niños juegan en los estanques de Green Park o de Serpentine-River.

No tardó el Great Eastern en atravesar los muelles del embarque de Liverpool. Los cuatro cañones, respetando la memoria de los muertos que el ténder desembarcaba, permanecieron mudos, pero formidables aclamaciones y vivas reemplazaron aquellos estampidos, que son las más ruidosas manifestaciones de la cortesía nacional. Resonaron palmoteos, se levantaron los brazos, se agitaron los pañuelos con ese entusiasmo de que son tan pródigos los ingleses a la salida de todo barco, aunque sea una lancha que va a dar un paseo por la bahía. Mas ¡qué manera de responder a aquellos saludos! Millares de curiosos coronaban las murallas de Liverpool y de Birkenhead. Los boats, cargados de espectadores, hormigueaban en el río. La tripulación del Lord Clyde, buque de guerra fondeado en la dársena, saludó al Great Eastern con sus aclamaciones, desde lo alto de las vergas. Desde las toldillas de los buques anclados en el río, estrepitosas músicas nos enviaban terribles armonías que dominaban el griterío. Las banderas, en honor al gigante, no cesaban de subir y bajar. Pero pronto empezaron a amortiguarse los gritos, a causa de la distancia. Pasamos rozando el Trípoli, paquebote de la línea «Cunard», destinado al transporte de emigrantes y que parecía una lancha, a pesar de sus 2.000 toneladas. Después, el humo cesó de oscurecer el horizonte, aumentaron los espacios entre las casas y pudo verse el campo por entre las paredes de ladrillo. Aún se distinguían las casas de campo de recreo y, en la orilla derecha del río, nos saludaron los últimos vivas, desde la meseta del faro y las caras y flancos del baluarte.

A las tres de la tarde, después de haber franqueado los pasos del Mersey, el

Great Eastern salía al canal de San Jorge. Soplaba el Suroeste. Nuestras banderas, estiradas, no formaban ni un pliegue. Algunas olas, que pasaban inadvertidas para el Great Eastern, empezaban a hinchar la superficie líquida.

A las cuatro, el capitán Anderson mandó hacer alto. Así que el barquillo satélite atracó, se le echó una escala de cuerda, por la cual se encaramó pesadamente el médico segundo del buque. El práctico bajó, con más agilidad, a su bote que le esperaba, y cuyos remeros llevaban cinturones salvavidas. Al pairo los esperaba una elegante goleta, a la cual abordaron muy pronto.

Rompióse de nuevo la marcha, acelerándose la del Great-Eastern a impulso de sus ruedas y su hélice. El buque no arfaba, a pesar del viento que soplaba de proa. Pronto cubrieron las sombras el mar, perdiéndose en la noche la costa del condado de Gales, señalada por la punta de Holg Head.

CAPÍTULO VI

Al otro día, 27 de marzo, el Great Eastern seguía, por estribor, la accidentada costa irlandesa. Mi habitación era un camarote de primera de proa, muy bonito, iluminado por dos anchas partes de luz; estaba separado del salón de proa por otra fila de camarotes, de manera que no podían llegar a él las estrepitosas melodías de los pianos, que no escaseaban, ni de las conversaciones. Era una choza aislada, a lo último de un arrabal. Sus muebles eran una litera, un tocador y un escaño.

A las siete de la mañana, después de atravesar las dos primeras salas, llegué a la cubierta, por la cual vagaban ya los viajeros. Un balanceo apenas perceptible, movía el buque. El viento era bastante fresco, pero la mar, desenfilada por la costa, no podía ser gruesa. Me tranquilizaba por completo la indiferencia del Great Eastern, que me parecía de buen agüero.

Desde la toldilla del café vi la extensa costa, elegantemente perfilada, que debe el nombre de «Costa de Esmeraldas» a su verdura perpetua. Algunas casitas desparramadas, un puesto de aduaneros, un blanco penacho de humo procedente de alguna locomotora que atravesaba un valle entre dos colinas, algún telégrafo óptico aislado, haciendo muecas a los buques que veía mar adentro, la animaban.

El mar que nos separaba de la costa tenía un color verde sucio, como si fuese una tabla manchada irregularmente de sulfato de cobre. El viento seguía refrescando, algunas nieblas revoloteaban, como masas de polvo, bricks y goletas numerosas trataban de alejarse de la costa; los steamers pasaban escupiendo humo negruzco, pero el Great Eastern, aunque no iba animado de gran velocidad, los dejaba rezagados, sin trabajo.

Pronto, tuvimos a la vista a Lucen's Town, puertecillo de arribada, delante del cual maniobraba una escuadrilla de pescadores. Todo buque, venga de América o de los mares del Sur, sea de vapor o de vela, de guerra o mercante, suelta allí, al pasar de largo, su valija de correspondencia. Un tren correo, siempre dispuesto, la lleva en pocas horas a Dublin. Allí, un paquebote, siempre humeante, steamer de pura sangre, máquina por sus cuatro costados, verdadero montón de ruedas que surca las olas: no menos útil que el Gladiador o La Hija del Aire, toma estas cartas, y atravesando el estrecho con velocidad de 18 millas por hora, las deposita en Liverpool. La correspondencia adelanta así en un día a los correos transatlánticos más ligeros.

El Great Eastern, a eso de las nueve, subió al Este Noreste. Acababa yo de llegar a la cubierta cuando se acercó a mí el capitán Macelwin, acompañado de un amigo suyo, de seis pies de estatura y de barba rubia y largos mostachos que, perdidos en pobladas patillas, según la moda, dejaban la barba al descubierto. El tipo de aquel buen mozo era el del oficial inglés: llevaba la cabeza alta pero sin violencia; su mirada era serena, y su paso suelto y distinguido; presentaba todos los síntomas de ese valor tan raro que puede llamarse «valor sin furia». Respecto a su profesión, no me había engañado.

—Os presento a mi amigo Arquibaldo Corsican, capitán, como yo, en el 22 de línea del ejército de la India.

Corsican y yo nos saludamos.

—Apenas nos vimos ayer, querido Fabián —dije a Macelwin, cuya mano estreché —, en la confusión de la salida. Todo lo que sé es que no debo a la casualidad la dicha de hallarnos juntos a bordo. Confieso que si en algo he influido en vuestra determinación...

—Sin duda, querido compañero —me contestó —. El capitán Corsican y yo, al llegar a Liverpool, íbamos a tomar pasaje en el China, de la línea de Cunard. La noticia del viaje que iba a emprender el Great Eastern nos hizo reflexionar acerca de si sería conveniente modificar nuestro plan primitivo, aprovechando ocasión tan favorable; pero la noticia de que estabais a bordo acabó de decidirme, pues para mí es un placer vuestra compañía. No nos habíamos vuelto a ver desde aquel delicioso viaje que hicimos hace tres años al territorio escandinavo, y por eso el ténder nos trajo ayer.

—Querido Fabián —le respondí —, creo que ni vos ni vuestro amigo os arrepentiréis. La travesía del Atlántico en este enorme barco ha de ser interesante para vosotros, por poco marinos que seáis. La última carta que hace seis meses fechasteis en Bombay, me hacía creer que estabais en el regimiento.

—Estábamos con él hace tres meses, pasando aquella vida de los oficiales del ejército de la India, medio labriega, medio militar, en la cual se organizan más cacerías que columnas de operaciones. Os presento, en el capitán Arquibaldo, el terror de los juncales, el gran matador de tigres. Pero aunque muchachos y sin familia, hemos querido dar un poco de reposo a aquellas fieras de la península y venir a respirar algunos átomos de aire europeo. Hemos obtenido un año de licencia, y por el mar Rojo, Suez y Francia, hemos llegado a nuestra antigua Inglaterra con la velocidad de un tren expreso.

—¡Nuestra vieja Inglaterra! —repuso sonriendo Corsican —. Ya no estamos en ella, pues el buque que nos lleva, aunque sea inglés, está fletado por franceses y nos conduce a América. Sobre nuestras cabezas ondean tres pabellones que indican que pisamos un suelo franco anglo americano.

—¿Qué importa? —respondió Fabián, cuya frente se arrugó momentáneamente, cual bajo una dolorosa impresión —. Lo esencial es que corra nuestra licencia. El movimiento es la vida. Olvidemos lo pasado y matemos lo presente renovando los objetos que nos rodean. Dentro de algunos días abrazaré, en Nueva York, a mi hermana y a mis sobrinos, a quienes no he visto desde hace muchos años. Después visitaremos los Grandes Lagos, bajaremos el Mississipi hasta llegar a Nueva Orleans. Daremos una batida en el Marañón, y después, de un salto, pasaremos a África, donde los leones y los tigres se han dado cita en El Cabo para festejar al capitán Arquibaldo; hecho esto, volveremos a imponer la voluntad de la metrópoli a los cipayos.

Fabián hablaba con volubilidad nerviosa, mientras su pecho se henchía de suspiros. Indudablemente, alguna desgracia que no me habían dejado adivinar sus cartas amargaba su vida. Arquibaldo Corsican debía conocer aquel secreto, pues demostraba hacia Fabián, algo más joven que él, su cariño de hermano mayor, una amistad de esas que pueden llevar al heroísmo, en ocasiones determinadas.

Un grueso camarero interrumpió nuestra conversación, tocando la bocina para avisar, con un cuarto de hora de anticipación, el lunch de las doce y media. El ronco instrumento, con gran satisfacción de los pasajeros, resonaba cuatro veces al día: a las ocho y media, para el almuerzo; a las doce y media, para el lunch; a las cuatro y media, para comer, y a las siete y media, para el té. Los pasajeros, despejando las anchas calles, se hallaron pronto sentados a la mesa; yo me coloqué entre Fabián y el capitán Arquibaldo.

En los comedores había cuatro filas de mesas. Los vasos y botellas, colocados en platillos de doble suspensión, conservaban su posición vertical, a pesar de los vaivenes. El buque no sentía las olas. Hombres, mujeres y niños podían comer y beber sin peligro. Gran número de atentos camareros hacía correr, en torno de las mesas, exquisitos platos, y suministraba a cada pasajero, con arreglo a la lista que formaba, vinos y dulces que se pagaban aparte. Distinguíanse los californianos por su afición al champaña.

Una lavandera, enriquecida en los lavaderos de San Francisco, bebía, en compañía de su marido, aduanero retirado, «Cliquot» a tres dólares botella. Algunas misses escuálidas y descoloridas engullían tajadas de vaca chorreando sangre. Largas ladyes, con defensas de marfil, vaciaban en las hueveras los huevos pasados por agua. Otras saboreaban apio del desierto, con marcada satisfacción. Todos trabajaban con fervor. Aquello era una fonda en pleno París, no en pleno Océano.

Tomado el lunch, se poblaron otra vez las toldillas. Los conocidos se saludaban al paso, como los paseantes de Hyde Park. Los niños saltaban, corrían, jugaban con sus aros y balones, como si estuvieran sobre la arena en las Tullerías. Casi todos los hombres fumaban paseando. Las señoras charlaban, sentadas en sillas de tijera. Las ayas y niñeras cuidaban de los niños. Algunos americanos panzudos se columpiaban en sillones de balancín. Los oficiales del buque iban y venían, unos observando la aguja, otros respondiendo a las preguntas, algunas harto inocentes o ridículas, de los viajeros. Entre los resoplidos de la brisa se oían los ecos de un órgano colocado en el salón de popa y los de dos o tres pianos de «Pleyel» que en los salones bajos se hacían una competencia lamentable.

A eso de las tres, resonaron estrepitosas voces de triunfo, y los viajeros cubrieron las toldillas. El Great Eastern pasaba a dos cables de un paquebote al que había adelantado. Era el Dropontis, con rumbo a Nueva York, que saludó al gigante de los mares, a quien éste contestaba.

A las cuatro y media aún se divisaba tierra, a tres millas a estribor. Apenas nos permitía verla la oscuridad de un chubasco repentino. Pronto apareció una luz. Era el faro de Fastenet, colocado en un picacho aislado. No tardó en cerrar la noche, durante la cual debíamos doblar el cabo Clear, última punta adelantada de la costa de Irlanda.

CAPÍTULO VII

He dicho ya que la eslora del Great Eastern pasaba de dos hectómetros.

Para dejar satisfechos a los ávidos de comparaciones, diré que es un tercio más largo que el puente de las Artes. No hubiera podido revolverse en el Sena, y su calado le impediría flotar de otra manera que como flota el mismo puente. El buque mide, en realidad, 270 metros y medio entre sus perpendiculares, en la línea de flotación. En la cubierta, de popa a proa, tiene 210 metros y medio, longitud doble de la que tienen los mayores buques trasatlánticos. Su manga es de 25 metros 30 centímetros en la cuaderna maestra, y de 36 metros 65 centímetros hasta fuera de los tambores.

El casco del Great Eastern está hecho a prueba de los golpes de mar más formidables. Es doble y lo forma un conjunto de celdillas de 86 centímetros de altura. Además, 13 compartimientos, separados por fuertes tabiques, aumentan su seguridad bajo el punto de vista de las vías de agua y el incendio. Diez mil toneladas de hierro entraron en la construcción de este casco, y tres millones de clavos, remachados estando enrojecidos al fuego, aseguran la perfecta unión de las láminas de su forro.

Cuando cala 30 pies de agua, el Great Eastern desaloja 2.500 toneladas. En lastre solo cala 6,10 metros. Puede transportar 10.000 pasajeros. De las 373 cabezas de distrito de Francia, 274 están menos pobladas que lo estaría esta subprefectura flotante con su máximum de pasajeros.

Las líneas del Great Eastern son muy largas. Las cadenas de las anclas corren por escobenes que horadan su estrave. Su proa, muy aguda, sin huecos ni salientes, es perfecta. Su popa, redondeada, cae un poco y desdice del conjunto.

Seis mástiles y cinco chimeneas se elevan sobre su cubierta. Los tres palos que se hallan hacia la proa son: el «fore gigger» y el «fore mast» ambos palos trinquetes y el «main mast» o palo mayor. Los tres posteriores son el «aftermain mar», el «mizen mast» y el «after gigger». El «foremast» y el «main mast» llevan gavias y juanetes, y los otros cuatro solo velas triangulares. El velamen total está formado por 5.400 metros cuadrados de lona muy buena, de la fábrica de Edimburgo. En las inmensas cofas del segundo y tercer palo puede maniobrar perfectamente a cualquier orden, una compañía.

De estos seis palos, sostenidos por obenques y brandales metálicos, el segundo, tercero y cuarto; están formados por chapas de hierro claveteadas, verdadera obra maestra del arte calderero. Miden, en la fogonadura, 1,10 metros, y el mayor tiene 207 pies de elevación: no son tan altas las torres de Nuestra Señora.

Dos de las chimeneas pertenecen a la máquina de las ruedas y están delante de los tambores; las tres de la popa son de la máquina de hélice. Son cilindros de gran radio, sostenidos por fuertes cadenas y de 30 metros y medio de altura.

En el interior del buque, la distribución está muy bien entendida.

En la proa están los lavaderos al vapor y los alojamientos de la tripulación. Sigue un salón para señoras, y otro mayor, alumbrados por lámparas de doble suspensión y adornados con espejos y pintura. Claraboyas laterales, sostenidas por elegantes columnatas doradas, dejan pasar la luz a estas magníficas cámaras que comunican con el puente superior por medio de escaleras de caracol de peldaños metálicos y barandillas de caoba.

Delante están dispuestas cuatro filas de camarotes separados por un pasillo; unos se comunican por medio de una meseta y a los otros se llega por una escalera particular.

Los tres vastos dinning rooms de la popa presentan análoga disposición para los camarotes. Un corredor embaldosado que da vuelta a la máquina de las ruedas, entre sus pareces de metal y las colinas, da paso de las habitaciones de proa a las de popa.

Las máquinas del Great Eastern están reputadas, con razón, por obras maestras de... iba a decir de relojería. Nada hay tan asombroso como aquellos enormes sistemas de ruedas, funcionando suave y precisamente, como un reloj. La fuerza nominal de la máquina de ruedas es de mil caballos. Se compone esta máquina de cuatro cilindros oscilantes, de 2,26 metros de diámetro, apareados y cuyos émbolos directamente articulados a las bielas, desarrollan 4,27 metros de carrera. La presión media es de 20 libras por pulgada, cerca de 1,76 kilogramos por centímetro cuadrado, o sea una atmósfera y dos tercios.

La superficie de calor de las cuatro calderas reunidas es de 780 metros cuadrados. Este «Encine padole» marcha con majestuosa calma; su excéntrico, arrastrado por el árbol, parece elevarse como un globo aerostático. Puede dar 12 vueltas de rueda por minuto y forma contraste con la máquina de la hélice, más veloz y furiosa, impulsada por 1.600 caballos de vapor.

Ésta se compone de cuatro cilindros fijos y horizontales unidos de dos en dos por sus cabezas.

Sus émbolos, que recorren 1,24 metros, actúan directamente sobre el árbol de la hélice. Bajo la presión producida por sus seis calderas, cuya superficie de calor es de 1,165 metros cuadrados, la hélice, a pesar de su peso de 60 toneladas, puede dar 48 vueltas por minuto, pero entonces la máquina, jadeante, oprimida, se desboca en rapidez vertiginosa, y sus largos cilindros parecen atacarse, tocándose con sus émbolos como dos enormes carneros.

El Great Eastern posee, además, seis máquinas auxiliares para la alimentación, las bombas y los cabrestantes. Como se ve, el vapor desempeña, a bordo un importante papel en todas las maniobras.

Tal es este buque de vapor, sin par, no parecido a otro alguno.

A pesar de esto, un capitán francés escribió en su diario la inocentada siguiente:

CAPÍTULO VIII

La noche del miércoles al jueves fue mala. Mi lecho se agitó extraordinariamente y tuve que apoyar mis rodillas y codos en su tabla de doble suspensión. Sacos y maletas danzaban por el camarote. Oíase un estrépito inusitado en el salón inmediato, donde habían sido depositados, provisionalmente, dos o trescientos fardos que chocaban con las mesas y bancos. Golpeaban las puertas, gemían los tabiques, vasos y botellas daban chasquidos en sus móviles suspensiones y caían al suelo, en las cocinas, cataratas de vajilla. Resonaban también los mugidos de la hélice y los golpes de las ruedas que, saliendo del agua, alternativamente, azotaban el aire con sus paletas.

Comprendí que, habiendo refrescado el viento, no permanecía ya insensible el buque a las olas que le cogían a su largo.

Después de una noche de insomnio, me levanté a las seis de la mañana. Agarrado con una mano al marco de la litera, me vestí con la otra, a fuerza de trabajos. No hubiera podido, sin punto de apoyo, mantenerme en pie, y tuve que sostener con mi levita una reñida lucha. Dejé luego mi camarote, atravesé, como pude, el salón lleno de revoltosos fardos y subí, a gatas, la escalera, como un campesino romano que trepara por los escalones de la Scala Santa de Poncio Pilato, y llegué a la cubierta, donde me aferré vigorosamente a un guardiamarina.

Nada de tierra a la vista. Habíamos doblado por la noche el cabo Clear, y se distinguía por todos lados esa circunferencia que trazan las aguas sobre el azul del cielo. Grandes olas de color de pizarra, que no se deshacían, hinchaban el mar. El Great Eastern, cogido al sesgo y no apoyado por vela alguna, se balanceaba espantosamente. Sus palos describían arcos de círculo, cual si fueran enormes piezas de compás. El oficial de cuarto, aferrado a la pasadera, se mecía como en un columpio, pues era imposible permanecer en pie.

Conseguí, de guardiamarina en guardiamarina, ganar el tambor de estribor. La bruma había dejado muy resbaladiza la cubierta. Al ir a cogerme a la paralela por uno de sus puntales, un cuerpo llegó rodando a mis pies. Era el doctor Dean Pitferge. Aquel tipo se puso al punto a gatas y mirándome, exclamó:

—Justo. Las paredes del Great Eastern describen un arco de 40 grados;

veinte de elevación y otros tantos de depresión.

—¿De veras? —respondí riendo, no por la observación sino por la ocasión en que se hacía.

—¡Tal como suena! —repuso —. La velocidad de las paredes es, durante la oscilación, de un metro setecientos cuarenta y cuatro milímetros por segundo. Un trasatlántico, que tiene la mitad de largo, sólo emplea ese tiempo en caer de una a otra borda.

—Entonces —le dije —, puesto que el buque recobra tan pronto la vertical, hay sobra de estabilidad.

—Sí, ¡para él, pero no para nosotros! —respondió alegremente el doctor pues, como veis, recobramos la horizontal mejor que queremos.

Encantado de su réplica, levantóse el doctor y, apoyados uno en otro, logramos llegar a un banco de la toldilla. Felicité allí a Pitferge, porque sólo tenía algunas desolladuras, cuando podía haberse roto la cabeza.

—Aún no hemos Regado al fin —me dijo —. Pronto ocurrirá alguna desgracia.

—¿A nosotros?

—Al buque, que es lo mismo.

—Si habláis en serio, ¿por qué os embarcasteis?

—¡Porque tengo ganas de ver a qué sabe un naufragio! —dijo el doctor con la mayor formalidad.

—¿Es la primera vez que navegáis en este barco?

—No. He hecho en él, como curioso, varias travesías.

—Entonces no os quejéis.

—No me quejo. Hago constar los hechos y espero paciente la hora de la catástrofe.

¿Se burlaba aquel hombre de mí? Sus ojuelos me parecían muy irónicos. Quise tantearle más.

—Doctor —le dije —, aunque no sé en qué hecho pueden fundarse vuestros pronósticos, debo advertiros que el Great-Eastern ha atravesado ya veinte veces el Atlántico, y que el conjunto de sus viajes ha sido satisfactorio.

—¿Qué importa eso? —contestó —. Este buque está embrujado, para emplear la expresión del vulgo. Su destino está escrito. Todo el mundo lo sabe y nadie se fía de él.

»¡Cuántas dificultades ha habido que vencer para botarlo al agua! Se resistía tanto a mojarse como el hospital de Greenwich. Creo que su constructor Brunnel murió, como decimos los médicos, de resultas de la operación.

—¿Sois, acaso, materialista?

—¿A qué viene esa pregunta?

—La hago porque he observado que muchos que no creen en Dios, creen en todo lo demás, hasta en el mal de ojo.

—Bromead, pero dejadme proseguir argumentando — replicó el doctor —. El Great Eastern ha arruinado ya varias compañías. Construido para el transporte de emigrantes y el de mercancías a Australia, no ha visto Australia. Combinado para dar una velocidad superior a la de los paquebotes transoceánicos, la ha dado mejor.

—Por consiguiente...

—Esperad —respondió Dean Pitferge —. Se ha ahogado ya uno de los capitanes del Great Eastern, y era de los más hábiles, porque sabía cortar las olas de manera que evitaba este infernal balance.

—Deploremos su muerte, pero nada más.

—Además — prosiguió el doctor sin hacer caso de mi incredulidad —, se dice que un pasajero que se perdió en sus profundidades, como un leñador en los bosques americanos no ha sido hallado aún.

—¡Hombre! — dije irónicamente —. Eso ya es un hecho.

—También dicen que al hacer las calderas, un maquinista quedó, por descuido, soldado dentro de una de ellas.

—¡Bravo! ¡Un maquinista soldado! ¡E ben trovato! ¿Creéis eso, doctor?

—Lo creo, como creo que nuestro viaje, que ha empezado mal, acabará peor.

—El Great Eastern es tan fuerte que puede desafiar los mares más furiosos. Es sólido como si fuera macizo.

—Aunque es sólido, dejadle caer en el hueco de dos olas y veréis si se levanta. Es un gigante cuya fuerza no corresponde a su talla. Sus máquinas son débiles. ¿Habéis oído hablar de su 19 viaje, de Liverpool a Nueva York?

—No.

—Pues yo estaba a bordo. Habíamos salido de Liverpool el 10 de diciembre, en martes. Los pasajeros eran muchos y estaban llenos de confianza. Mientras la mar no nos cogió al largo, gracias a las costas de Irlanda, todo fue a pedir de boca. Al día siguiente, la misma indiferencia al mar. Pero el 12 por la mañana, refrescó el viento. Las olas empezaron a cogernos al sesgo y el Great Eastern a bailar. Los pasajeros de ambos sexos se encerraron en sus camarotes. A las cuatro, el viento era de tempestad. Empezaron a danzar los muebles. Una cabezada de vuestro servidor rompió un espejo del gran salón. La vajilla se hizo trizas. ¡Qué estrépito! Un golpe de mar arranca de sus pescantes ocho embarcaciones. La situación se agrava. Se paró la máquina de las ruedas, pues un enorme pedazo de plomo, que el balance había arrancado, iba a introducirse entre sus órganos. La hélice seguía llevándonos. Volvieron a funcionar las ruedas, a mitad de velocidad, pero una de ellas, habiéndose falseado durante el descanso, arañaba con sus paletas el casco del buque, por cuya razón hubimos de contentarnos con la hélice para permanecer a la capa. ¡Qué noche! Caído en el hueco de las olas, el buque no podía levantarse. Algunas velas que se largaron para maniobrar y tratar de levantarlo, echaron a volar como cometas.

»Todos los herrajes de las ruedas habían desaparecido al amanecer. Se hunde el piso de la cuadra y cae una vaca en el salón de señores. Se rompe la mecha del timón y ya no es posible gobernar. Se oyen choques espantosos. Los produce un inmenso depósito de aceite, de 3.000 kilos de peso, que ha roto sus asas y barre la cubierta, chocando con las bordas que tal vez va a derribar. El sábado pasó en medio de la mayor consternación, pues continuamos en el hueco de las olas. Un ingeniero americano logró enganchar unas cadenas en el azafrán del timón, dándonos medio de gobernar. El Great Eastern logra, por fin, levantarse y, ocho días después de nuestra salida de Liverpool, entrábamos en Queenstown. ¿Quién sabe dónde estaremos dentro de ocho días?

CAPÍTULO IX

Preciso es confesar que no era tranquilizadora la promesa del doctor. Las pasajeras hubieran chillado de miedo al oírle. ¿Se burlaba o no? ¿Era verdad que seguía todas las travesías del Great Eastern para asistir a una catástrofe? Todo es posible en un excéntrico, sobre todo si es inglés.

Pero el buque continuaba caminando, meciéndose como una piragua, guardando imperturbable la línea loxodrómica de los buques de vapor. En un plano, la línea más corta entre dos puntos dados es la recta, pero, en una esfera, lo es el arco del círculo máximo que los une. Los buques para abreviar su travesía, procuran seguir esta línea; pero los de vela, cuando tienen viento de proa, no pueden conservarse en ella. Sólo los buques de vapor pueden seguir rigurosamente los círculos máximos. Esto fue lo que hizo el Great Eastern, elevando algo su ruta al Noroeste.

Continuaban los balances. El mareo, esa enfermedad horrible, contagiosa y epidémica, hacía rápidos progresos. Algunos pasajeros, pálidos, ojerosos, permanecían sobre cubierta para aspirar el aire libre. La mayor parte de ellos vociferaba insultos contra el buque, que se portaba como una boya, y contra la «Sociedad de fletadores», cuyos prospectos anunciaban que en el Great Eastern era imposible el mareo.

A las nueve de la mañana, se señaló un objeto a cuatro millas, a babor. ¿Era un cadáver, un esqueleto de ballena o un esqueleto de buque? Aún no podía verse. Un grupo de pasajeros, reunidos sobre la toldilla de proa, observaba aquel resto que flotaba a 400 millas de la costa más cercana.

El Great Eastern avanzaba hacia aquel objeto. Los anteojos maniobraban sin descanso. Los comentarios subían de punto; entre, los ingleses y americanos empezaron las apuestas, aprovechando aquel pretexto, tan bueno como otro cualquiera. Entre ellos había uno de elevada estatura, cuya cara me llamó la atención por la doblez que revelaba. En sus facciones estaba estereotipado un sello de odio general, acerca del cual los fisonomistas y los fisiólogos no se hubieran equivocado; una arruga vertical partía de su frente: su mirada era, a un tiempo, penetrante y descarada; sus ojos enjutos, sus cejas juntas, sus hombros levantados, su cabeza alta indicaban imprudencia y truhanería. ¿Quién era? No lo sabía, pero me disgustaba en alto grado. Hablaba en voz alta con un acento que parecía un insulto. Algunos acólitos, dignos de él, celebraban sus chistes de mal género. Sostenía que lo que se estaba viendo era una ballena, y había importantes apuestas, que en el acto eran aceptadas.

Sus apuestas ascendían a algunos centenares de dólares; las perdió todas. En efecto el resto era el esqueleto de un buque. El Great Eastern se acercaba a él, y ya se veía el verdoso cobre de su forro. Era una fragata desarbolada, tendida de costado. Debía medir 50 o 60 metros. Cadenas rotas pendían de sus obenques.

Aquel buque, ¿había sido abandonado por la tribulación? Tal era la cuestión palpitante o, como dirían los ingleses, la «great atraction» del momento. No se veía a nadie sobre aquel casco. ¿Se habrían refugiado los náufragos a su interior? Mi anteojo me permitió ver que, en la proa, se movía algo, pero pronto pude convencerme de que era un pedazo de foque que el viento agitaba.

Cuando llegamos a una milla de distancia, pudimos ver todos los detalles del casco. Era nuevo y estaba bien conservado. Su cargamento, que se había corrido a impulsos del viento, le obligaba a permanecer sobre la banda de estribor. Debía aquel barco haberse visto obligado a sacrificar su arboladura.

El Great Eastern se acercó y dio a su alrededor una vuelta completa, avisando su presencia con silbidos que desgarraban el aire. Pero el cascarón siguió mudo e inanimado. Nada se distinguía en el horizonte. No había ningún bote a los costados del buque náufrago.

Sin duda la tripulación había logrado escaparse. Pero a 300 millas de distancia ¿habría podido llegar a tierra? Débiles lanchas ¿podrían haber resistido oleadas que conmovían al Great Eastern? ¿Sería muy antigua la fecha de la catástrofe? ¿No pudiera haber ocurrido el naufragio, mucho más al Oeste, en atención a los vientos reinantes? ¿No hacía mucho tiempo que aquel casco derivaba, a impulsos del viento y de las corrientes? Preguntas que debían quedar sin respuesta.

Al llegar el Great Eastern a la popa del buque náufrago, pude leer el nombre de Lérida, pero no estaba indicada su matrícula. Su gracioso corte y la hechura particular de su estrave hizo decir a los marineros que era de construcción americana.

Un buque mercante ordinario o un buque de guerra, no hubiera vacilado en remolcar aquel casco, que encerraba, sin duda, un cargamento de valor, pues sabido es que, en tales casos, la tercera parte de éste pertenece a los salvadores. Pero el Great Eastern, encargado de un servicio regular, no podía llevar consigo aquel cascarón durante millares de millas, siéndole también imposible retroceder para dejarlo en el puerto menos distante. Fue, pues, preciso, abandonarlo, a pesar del sentimiento de los marineros, y pronto se perdió en el horizonte. El grupo de pasajeros se dispersó, ganando unos sus camarotes, otros los salones; la bocina del lunch no pudo despertar a todos los dormidos o abatidos por el mareo.

A las doce del día, el capitán mandó desplegar algunas velas, y el buque, más apoyado, balanceó menos. Tratóse también de desplegar la cangreja, arrollada a su verga por un nuevo sistema demasiado nuevo sin duda alguna, pues la vela no pudo aprovecharse en todo el viaje.

CAPÍTULO X

La vida a bordo se iba organizando, a pesar de los balances desordenados del buque. Para un anglosajón, un buque correo es su barrio, su calle, su casa que se mueve y está en su casa. El francés, al contrario, parece siempre que viaja cuando viaja.

La multitud, cuando lo permitía el tiempo, afluía a las anchas calles de la cubierta. Todos aquellos paseantes, que conservaban su verticalidad a pesar de los balanceos, parecían borrachos, a quienes su enfermedad comunicaba los mismos aires de marcha. Las pasajeras cuando no subían a cubierta permanecían en su salón particular o en el salón grande. Oíanse entonces las atronadoras armonías de los pianos; preciso es confesar que aquellos instrumentos, «borrascosos» como el mar, no hubieran permitido a un Listz ejercitar su talento. Los bajos faltaban cuando se inclinaba el buque a babor, y los tiples cuando a estribor, produciendo, en la melodía y la armonía, soluciones de continuidad de que no se apercibían aquellas orejas sajonas. Entre aquellos aficionados me llamó la atención una mujer alta y flaca, que debía ser muy inteligente en música. Para poder tocar una pieza, había numerado convenientemente cada nota y cada tecla. Al leer la nota acotada con 27, tocaba la tecla 27, sin ocuparse del eco de los otros pianos, ni de los otros ruidos, ni de los chiquillos traviesos que golpeaban con el puño cerrado sus octavas desocupadas.

Durante el concierto, los asistentes leían los libros desparramados por las mesas. El que hallaba un pasaje interesante, lo leía a gritos, y los circunstantes le saludaban agradecidos con un lisonjero murmullo. Algunos diarios yacían sobre los escaños, diarios de esos ingleses o americanos, que parecen viejos aunque sus hojas no están cortadas. Es incómoda operación la de desplegar aquellas sábanas de papel de algunos metros cuadrados. Pero siendo la moda no cortar, no se corta. Tuve un día la paciencia de leer de cabo a rabo y de esta manera el New York Herald, pero mi paciencia quedó al fin recompensada con la lectura de este anuncio: «M. Z. ruega a la linda M. X. a quien ayer encontró en el ómnibus de la calle 25, que pase mañana a visitarle, cuarto número 17 de la fonda de San Nicolás, para arreglar su matrimonio.» ¿Qué haría la linda young X? No quiero saberlo.

Mirando y charlando, pasé aquella tarde en el salón. Habiendo venido Pitferge a sentarse a mi lado, la conversación no podía dejar de ser interesante.

—¿Estáis mejor, después de vuestra caída? — le pregunté.

—Perfectamente. Pero esto no anda bien.

—¿Quién anda mal? ¿Vos?

—No, el buque. Funcionan pésimamente las calderas de la hélice. No hay presión bastante.

—¿Deseáis, pues, llegar a Nueva York?

—¡De ninguna manera! Hablo como mecánico, ni más ni menos. Estoy en mi centro y sentiría mucho que se disolviera este grupo de tipos reunidos por la casualidad para divertirme.

—¡Tipos! — exclamé mirando a los pasajeros que afluían al salón —. Todas estas gentes son iguales.

—¡Bah! — dijo el doctor —. No los conocéis. Convengo en que hay sólo una especie, pero ¡cuántas variedades tiene! Mirad aquel grupo de despreocupados, con las piernas tendidas sobre los divanes y el sombrero ladeado. Son yanquis, legítimos yanquis de los pequeños estados de Maine, de Vermont o del Connecticut, productos de Nueva Inglaterra, hombres de cabeza y de acción, algo demasiado crédulos con los reverendos, pero que estornudan sin volver la cara. ¡Ah! Son verdaderos sajones, naturalezas hechas para el lucro y por tanto muy hábiles. ¡Encerrad a dos yanquis en un cuarto, y al cabo de una hora, cada uno habrá ganado diez dólares al otro!

—No os pregunto cómo —dije soltando la carcajada —. Pero decidme, ¿quién es aquel hombrecillo vestido con gabán largo y pantalón corto, que se mueve como una verdadera veleta?

—Un ministro protestante, un hombre considerable de Massachussets, que va a incorporarse a su mujer, institutriz muy conocida por cierta causa célebre.

—¿Y aquel alto y fúnebre, que parece embebido en sus cálculos?

—Calcula en efecto — dijo el doctor —. Calcula siempre y siempre.

—¿Problemas?

—No, su fortuna. Es un hombre considerable. Sabe en cada instante, cuánto posee, con error de menos de un céntimo. Todo un barrio de Nueva York le tiene por casero Hace un cuarto de hora tenía 1.625,367 dólares, pero ahora ya no tiene más que 1.625.366 dólares y cuarto.

—¿Por qué?

—Porque acaba de fumar un cigarro, que no se lo dieron gratis.

Las salidas del doctor me hacían gracia. Le indiqué otro grupo, reunido en otro punto del salón.

—Aquéllos — me dijo — son del Fart West. El más alto es el director del Banco de Chicago, hombre considerable. Lleva debajo del brazo un álbum con vistas de su querida ciudad. ¡Está orgulloso y hace bien en estarlo: es una gran ciudad, edificada en un desierto en 1836, que hoy contiene 400.000 almas contando la suya! A su lado se ve una pareja californiana. La mujer es guapa y delicada; el marido, fuerte y flaco, es un antiguo mozo de labranza, que cierto día supo labrar pepitas de oro. Es...

—¿Considerable?

—¡Vaya! ¡Ya lo creo! Su activo es de millones.

—¿Y aquel que mueve la cabeza de arriba abajo, como un negro de reloj?

—Es el célebre Cokburu de Rochester, el estadístico universal, que todo lo ha pesado, medido, contado y valuado en guarismos. Interrogad a ese maniático inofensivo y os dirá cuánto pan ha engullido un hombre a los cincuenta años, cuántos metros cúbicos de aire ha respirado. Os dirá también cuántos pliegos en folio llenarían las palabras de un abogado de Temple Bar; cuántos millas anda diariamente un cartero, solo para llevar cartas amorosas; cuántas viudas pasan al día por el puente de Londres; cuántos metros de altura tendría una pirámide levantada por los bocadillos consumidos anualmente por un ciudadano de la Unión; cuántos...

El doctor, lanzado a toda vela, hubiera seguido por el mismo camino hasta sabe Dios cuándo, si no le hubieran distraído otros pasajeros que desfilaron por delante de nosotros. ¡Qué tipos tan diversos! Pero ni un desocupado; no se varía de continente sin motivo serio. La mayor parte iba a América a hacer fortuna, sin tener en cuenta que un yanqui a los veinte años ya ha adquirido su posición, y que a los veinticinco es demasiado viejo para entrar en lucha.

Entre aquellos aventureros, inventores y buscavidas, me enseñó el doctor algunos muy interesantes. Uno era un sabio químico, rival de Liebig, que sabía condensar todos los elementos nutritivos de un buey en una pastilla de carne del tamaño de un peso duro y que iba a acuñar moneda con rumiantes de las Pampas. Otro corría a Nueva Inglaterra, a explotar un caballo de vapor que llevaba encerrado en una caja de reloj de bolsillo. Un francés de la calle de Chapon creía tener hecha su fortuna, pues llevaba 30.000 muñecas de cartón que decían papá con acento americano.

Además de estos originales, ¡cuántos otros cuyos secretos podían suponerse! Tal vez algún cajero llevaba su caja a tomar aires, y algún detective, amigo suyo durante el viaje, esperaba solo la llegada a Nueva York para echarle mano al pescuezo. Tal vez hubiera podido hallarse entre otros algún director de alguna de esas empresas que hallan siempre accionistas bobos, aunque la sociedad se titule: Compañía oceánica de alumbrado de gas de la Polinesia, o Sociedad general de carbones incombustibles.

Me distrajo en aquel momento una pareja joven, que parecía profundamente aburrida.

—Son peruanos — me dijo el doctor —, casados hace un año, y cuya luna de miel han paseado por todos los horizontes del globo. Salieron de Lima en la noche de novios. Se adoraron en el Japón, se adoraron en Australia, se toleraron en Francia, riñeron en Inglaterra y se divorciarán en América.

—¿Y aquel hombre alto, de fisonomía altanera, que acaba de entrar? Parece un oficial, con su bigotazo negro.

—Es un mormón — respondió Pitferge —. Es mister Hatch, gran predicador de la Ciudad de los Santos. ¡Hermoso tipo de hombre! ¡Qué mirada tan arrogante, qué fisonomía tan digna, qué modo de vestir tan diferente del modo de vestir de un yanqui! Regresa de Alemania e Inglaterra, donde ha predicado, haciendo muchos prosélitos, pues el mormonismo cuenta en Europa muchísimos adeptos, a los cuales permite conformarse a las leyes de sus países respectivos.

—Yo creía que en Europa estaba prohibida la poligamia.

—Sin duda, pero se puede ser mormón sin ser polígamo. Brigham Young tiene un harem porque así le conviene, como lo tiene más de un católico, pero no todos sus correligionarios le imitan a orillas del lago Salado.

—¿Y mister Hatch?

—Tiene una mujer, y le basta. Además, se propone explicarnos su doctrina una de estas noches.

—Tendrá un lleno completo — dije.

—Sí — respondió el doctor —, si el juego no le quita los parroquianos. Anda por ahí un inglés de mala cara, que me parece el jefe de esta turba de tahúres que juegan en la cámara de proa. Es un canalla de la peor fama. ¿Habéis reparado en él?

Algunos pormenores que añadió el doctor me hicieron recordar al individuo que aquella mañana se había distinguido por sus apuestas. Mi diagnóstico no me había engañado. Dean Pitferge me dijo que se llamaba Harry Drake. Era hijo de un comerciante de Calcuta, un jugador, un camorrista, un perdido, un tronado, y probablemente iba a América a probar vida de aventuras.

—Esos hombres encuentran en cualquier parte aduladores que les estimulan, y ése tiene ya aquí su círculo de pillos cuyo centro forma. Entre ellos está un hombrecillo chato, carirredondo, de labios gruesos y con gafas de oro, que se titula doctor y dice que va a Quebec, pero que estoy seguro de que es judío alemán, mestizo de burdeles; un charlatán de baja estofa y admirador de Drake.

Pitferge, que saltaba de tema en tema, me tocó en el codo, para hacerme reparar en un joven de 22 años que daba el brazo a una niña de 17.

—¿Dos recién casados? — preguntó el doctor.

—No, son dos novios antiguos que sólo esperan llegar a Nueva York para casarse. Han dado la vuelta a Europa, con permiso de sus familias, y ya están convencidos de que han nacido el uno para el otro. ¡Guapos muchachos! Da gozo verlos asomados a la escotilla de la máquina, contando las vueltas de las ruedas, que no andan bastante de prisa para su gusto. ¡Ah! ¡Si nuestras calderas hubieran llegado al rojo blanco, como esos dos corazones, no nos faltaría presión!

CAPÍTULO XI

A las doce y media de aquella mañana, un timonel puso el letrero siguiente a la puerta del gran salón:

Lat. 510 15' N.

Long. 180 13' O.

Dist. Fastenet 323 millas.

Lo que indicaba que al mediodía estábamos a 323 millas del faro de Fastenet, el último que vimos en la costa de Irlanda, y 510 15' de latitud Norte y a 180 13' Oeste del meridiano de Greenwich. El capitán hacía así conocer todos los días la altura a que nos hallábamos. Copiando esta nota y señalando los puntos marcados por estas coordenadas en una carta, podía seguirse el derrotero del Great Eastern. El buque gigante sólo había corrido 323 millas en 36 horas; poca cosa, pues un paquebote que se estima en algo no debe correr menos de 300 millas en 24 horas.

Me separé del doctor y pasé con Fabián el resto del día. Nos habíamos refugiado en la popa: habíamos ido, según decía Pitferge, a «pasear al campo». Aislados y apoyados en la borda, contemplábamos el mar inmenso. Las olas exhalaban penetrantes perfumes que llegaban a nosotros. Los rayos de luz refractados producían pequeños arco iris que bailaban entre la espuma. La hélice hervía a cuarenta pies bajo nuestros ojos; cuando se sumergía, sus ramas agitaban con más furia las ondas, haciendo chispear su cobre. El mar parecía una aglomeración de esmeraldas líquidas. La estela, que parecía de algodón en rama, se perdía de vista, confundiendo en una misma vía láctea los remolinos de las ruedas y los de la hélice. Aquella blancura, sobre la cual se distinguían perfiles más acentuados, parecía un encaje de punto de Inglaterra sobre fondo azul. Cuando volaban sobre ellas las blancas gaviotas, con sus alas de borde negro, su plumaje relucía, se abrillantaba con fugaces reflejos.

Fabián, silencioso, contemplaba la magia de las olas. ¿Qué veía en aquel líquido espejo, tan fácil de plegarse a todos los caprichos de nuestra imaginación? ¿Pasaba, ante sus ojos, alguna fugitiva imagen que le daba un adiós supremo? ¿Distinguía, entre aquellos torbellinos, alguna sombra querida? Me pareció más triste que de costumbre, y no me atreví a preguntarle la causa de su tristeza.

Después de nuestra larga ausencia, a Fabián correspondía confiarse a mí, y a mí guardar sus confidencias. Me había contado de su vida pasada lo que quería que yo conociera, su existencia de guarnición de la India, sus cacerías, sus aventuras, pero respecto a los sentimientos que oprimían su corazón acerca de la causa de los suspiros que elevaba su pecho, guardaba silencio. Sin duda, no siendo Fabián como los que desahogan su corazón refiriendo sus penas, debía sufrir más que ellos.

Permanecíamos, pues, asomados al mar, y cuando me volví observé las dos ruedas que se sumergían alternativamente por efecto del balanceo.

De pronto Fabián me dijo:

—¡Esa estela es verdaderamente magnífica! ¡Parece que se complacen en escribir letras! ¡Mirad cuánta l y cuánta e! ¿Me engaño acaso? ¡No! ¡No! ¡Son letras! ¡Y siempre las mismas!

La imaginación sobreexcitada de mi pobre amigo veía lo que quería ver. Pero, ¿qué significaban aquellas letras? ¿Qué recuerdo evocaban en su corazón?

Fabián, que había vuelto a ensimismarse, me dijo bruscamente:

—¡Vámonos! ¡Ese abismo me atrae!

—¿Qué tenéis, Fabián? — le pregunté, estrechando sus dos manos —. ¿Qué tenéis, querido amigo?

—Tengo — dijo apretándose el pecho — tengo un mal que será mi muerte.

—¿Un mal? ¿Un mal incurable?

—Sin esperanza.

Y sin decir más, Fabián bajó al salón y entró en su camarote.

CAPÍTULO XII

Al otro día, sábado 30 de marzo el tiempo era hermosísimo. Brisa suave, mar tranquila. Los fogones, activamente alimentados, habían hecho aumentar la presión. La hélice daba treinta y seis vueltas por minuto. La velocidad del Great Eastern pasaba de doce nudos.

El viento había caído hacia el Sur. El segundo mandó largas las gavias y la cangreja, que apoyando al buque hicieron cesar los balances. Como el sol era tan brillante, las señoras subieron a sus toldillas, unas a pasear, otras a hacer labor, sentadas iba a decir sobre el césped, bajo los árboles. Los vestidos eran de primavera. Los niños, que no salían hacía dos días, volvieron a sus juegos; algunos coches de muñecas corrían a escape. Solo faltaban unos cuantos soldados con las manos en los bolsillos y la cabeza engallada para que aquello fuera un paseo francés.

A las doce menos cuarto, el capitán y dos oficiales subieron a la paralela; el tiempo estaba a propósito para observar la altura del sol e iban a hacerlo. Cada uno de ellos tenía en sus manos un sextante, y miraba de tiempo en tiempo el horizonte del Sur, hacia el cual los espejos de los instrumentos debían presentar el astro del día.

—Mediodía dijo de pronto el capitán Anderson.

Acto continuo, un timonel tocó la hora en la campana, y todos los relojes del buque se arreglaron por el sol que acababa de pasar por el meridiano.

Lat. 150 10' N.

Long. 240 13' N.

Carrera, 237 millas. Distancia, 550.

Desde el día anterior, a las doce, habíamos recorrido 237 millas. En aquel momento era la una y cuarenta y nueve minutos en Greenwich, y el Great Eastern se encontraba a 155 millas de Fastenet.

No vi a Fabián en todo el día. Varias veces me acerqué a su camarote y pude cerciorarme de que no había salido.

El gentío de la cubierta debía disgustarle. Buscaba la soledad. Pero encontré a Corsican y paseamos juntos por espacio de una hora. Se habló de Fabián y no pude menos de referir al capitán lo ocurrido el día anterior entre él y yo.

—Sí — dijo Corsican, con una agitación que no trataba de ocultar —; ¡hace diez años nuestro amigo podía llamarse el más feliz de los hombres, y hoy es el más desventurado!

Arquibaldo me hizo saber, en pocas palabras, que Fabián había conocido en Bombay a una joven encantadora, miss Hodges. La amaba y era correspondido. Nada parecía oponerse a que el matrimonio los uniera, cuando la joven, con el consentimiento de su padre, fue solicitada por el hijo de un comerciante de Calcuta. Era un «negocio», sí, un negocio ajustado muy de antemano. Hodges, positivista, duro, poco sentimental, se hallaba en una situación delicada respecto a su corresponsal de Calcuta; aquella boda podía componerlo todo, y sacrificó la dicha de su hija a su dicha. La pobre niña no pudo resistir. Pusieron su mano en la de un hombre a quien no amaba y que, probablemente, no la amaba tampoco.

Puro negocio, mal negocio y peor acción. El marido, al otro día del casamiento, se llevó a su mujer, y Fabián, desde entonces, loco de dolor, herido de muerte, no había vuelto a ver a su adorada, porque seguía adorándola.

Después de este relato comprendí que, en efecto, el mal de Fabián era grave.

—¿Cómo se llamaba ella? —pregunté a Corsican.

—Elena Hodges — me respondió.

¡Elena! Ya no eran para mí un enigma las letras que Fabián veía en la estela del barco.

—Y su marido ¿quién es? — volví a preguntar.

—Un tal Harry Drake.

—¡Drake! — exclamé —. Ese hombre está a bordo.

—¿Aquí? ¿Aquí? — repitió el capitán Arquibaldo, cogiendo mi mano y mirándome a la cara.

—Sí — repetí —, aquí, a bordo.

—¡Quiera el cielo — dijo con gravedad Corsican —, que él y Fabián no se encuentren! Afortunadamente no se conocen, o al menos Fabián no conoce a Harry Drake. ¡Pero este nombre, pronunciado en su presencia, provocará una explosión!

Entonces referí a Corsican lo que sabía respecto a Harry Drake, según la relación del doctor Pitferge. Pinté tal cual era a aquel aventurero, insolente y malvado, arruinado ya por sus vicios y desórdenes, pronto a rehacer su fortuna sin reparar en los medios. En aquel momento, pasó Drake junto a nosotros, y se lo señalé al capitán, cuyos ojos se animaron repentinamente: hizo un gesto de cólera que yo contuve.

—Sí — me dijo —. Tiene cara de bribón. Pero ¿a dónde va?

—A América, a pedir a la casualidad lo que no quiere pedir al trabajo.

—¡Pobre Elena! — murmuró el capitán —. ¿Dónde está?

—Puede que ese miserable la haya abandonado.

—Y ¿por qué razón no ha de estar a bordo? — preguntó Corsican mirándome.

Esta idea cruzó por primera vez mi imaginación, pero la deseché. No: no estaba, no podía estar allí. El doctor Pitferge no hubiera dejado de saberlo y decírmelo. ¡No acompañaba a Drake en la travesía!

—Quiera el cielo que no os engañéis, caballero porque la presencia de esa pobre víctima sería un golpe terrible para Fabián. No sé lo que sucedería, Fabián es capaz de matar a Drake como a un perro. Puesto que sois, como yo, amigo verdadero de Fabián, voy a pediros una prueba de esa amistad. No le perdamos un instante de vista; estemos siempre dispuestos a arrojarnos entre él y su rival. Bien comprendéis que esos dos hombres no pueden medir sus armas, pues ni aquí, ni fuera de aquí, puede ¡ay!, casarse una mujer con el matador de su esposo, por indigno que éste sea.

Las razones de Corsican eran justas. Fabián no podía ser juez en causa propia. ¡Era ver muy de lejos! Pero el «puede ser» de las cosas humanas, debía tenerse en cuenta. Me agitaba un presentimiento. ¿Sería posible que, en la existencia a bordo, la personalidad marcadísima de Drake pasara inadvertida a Fabián? Un incidente, una casualidad, un nombre pronunciado, podía ponerlos fatalmente cara a cara. ¡Ah, cuánto hubiera yo dado por acelerar la marcha del buque que a ambos los llevaba! Prometí al capitán velar por nuestro amigo y no perder de vista a Drake; el capitán se comprometió a lo mismo, y estrechándonos la mano, nos separamos.

Al anochecer, el viento del Sudoeste condensó algunas brumas sobre el Océano. La oscuridad era grande. Los salones, brillantemente iluminados, contrastan con aquellas profundas tinieblas. Resonaban sucesivamente, valses y romanzas. Aplausos frenéticos los acogían siempre, no escaseando los vivas cuando el chusco T... sentándose al piano, «silbó» una cuantas canciones con el aplomo de un payaso...

CAPÍTULO XIII

El día siguiente, 31, era domingo. ¿Cómo se pasaría el día a bordo? ¿Sería el domingo inglés o americano, que cierra los «taps» y los «bars» durante los oficios; que detiene la cuchilla del carnicero sobre la cabeza de su víctima y la pala del panadero a la boca del horno; que suspende los negocios, que apaga los fogones de las máquinas de vapor y condensa el humo de las fábricas, que cierra las tiendas, abre las iglesias y hace cesar el movimiento de los trenes, al contrario de lo que sucede en Francia? Sí, así debía ser, o poco menos.

En primer lugar, para santificar la fiesta dominical, el capitán no mandó desplegar las velas, aunque era magnífico el tiempo y favorable el viento. Hubiéramos podido ganar algunos nudos, pero hubiera sido «improper». Me juzgaba muy afortunado porque se permitiera a las ruedas y a la hélice dar sus vueltas ordinarias. Cuando pregunté, a un puritano de a bordo, la razón de aquella tolerancia, respondió con gravedad: «Caballero, debemos respetar lo que viene de Dios directamente. El viento está en su mano. El vapor está en la de los hombres.»

Me di por satisfecho y resolví observar lo que pasaba a bordo.

La tripulación estaba de gala y muy limpia. No me hubiera extrañado que los fogoneros trabajaran con levita negra. Los oficiales e ingenieros llevaban su mejor uniforme con botones de oro. Los zapatos relucían con brillo británico y rivalizaban con la intensa irritación de los sombreros encerados. Todos aquellos hombres parecían coronados y calzados de estrellas El capitán y el segundo daban ejemplo: con guantes nuevos, abrochados militarmente, relucientes y perfumados, paseaban por las pasaderas, esperando la hora del oficio.

El mar estaba hermoso y resplandecía bajo los primeros rayos del sol. Ni una vela se divisaba. El Great Eastern ocupaba solo el centro geométrico de aquel vasto horizonte. Las diez sonaron, con intervalos regulares, en la campana. El campanero timonel, en traje de gala, sacaba del bronce un sonido místico, muy diferente de las notas metálicas con que acompañaba el silbido de las calderas en medio de las brumas. Se buscaba instintivamente el campanario del pueblo, que nos llamaba a misa.

Numerosos grupos aparecieron a la entrada de los salones de popa y proa. Hombres, mujeres y niños estaban vestidos como correspondía al caso. Pronto se llenaron las calles. Los paseantes cambiaban saludos circunspectos. Cada cual empuñaba su libro de oraciones, esperando que la campana, cesando de tocar, indicara que habían empezado los oficios. La bandeja en que solían servirse los bocadillos, pasó por delante de mí, colmada de Biblias, que fueron repartidas sobre las mesas del templo.

Este era el comedor principal, formado por el salón de popa, y que, por su longitud y regularidad, recordaba exteriormente el ministerio de Hacienda, de la calle de Rívoli. Entré. Los fieles «sentados» eran muchos. Reinaba profundo silencio. Los oficiales ocupaban el testero del templo. Entre ellos, el capitán Anderson, estaba sentado como en un trono.

El doctor Dean Pitferge, estaba a mi lado, paseando sus ojuelos por todo el auditorio. Me permito creer que estaba allí más como curioso que como fiel.

A las diez y media levantóse el capitán y empezó el oficio. Leyó en inglés un capítulo del antiguo Testamento, el décimo del Éxodo. Después de cada versículo, los asistentes murmuraban el que seguía. El soprano agudo de los niños y el mezzo soprano de las mujeres se destacaban del barítono de los hombres. Aquel diálogo bíblico duró media hora. La ceremonia sencilla y digna, se ejecutaba con puritana gravedad, y el capitán Anderson, amo después de Dios, hacía las veces de ministro a bordo, en medio del vasto Océano, hablando a aquella multitud suspensa sobre el abismo, con derecho al respeto hasta de los más indiferentes. Si el oficio se hubiera limitado a una lectura, todo hubiera ido bien; pero al capitán sucedió un orador que llevó la pasión y la insolencia al templo de la tolerancia y del recogimiento.

El orador era el reverendo que ya conocemos, el hombrecillo vivaracho, el intrigante yanqui, uno de esos ministros tan influyentes en los Estados de Nueva Inglaterra. Teniendo ya el sermón arreglado, no quiso dejar de aprovechar la ocasión, aunque fuera asiéndola de un cabello. No hubiera hecho lo mismo el amable Jorick. Miré a Pitferge, que no pestañeaba, dispuesto a resistir el fuego del predicador.

Este abotonó gravemente su levita negra, sacó el pañuelo, tosió, y envolviendo a los presentes en una mirada circular:

—Al principio — dijo —, Dios creó América en seis días y el séptimo descansó.

Oído esto, tomé las de Villadiego.

CAPÍTULO XIV

Durante el lunch, el doctor Pitferge me dijo que el reverendo había desarrollado admirablemente su tema. Los monitores, los espolones de guerra, los fuertes acorazados, los torpedos, todos estos artificios habían figurado en su discurso. Él mismo se había engrandecido con toda la grandeza de América. Si a América la halaga verse ensalzada de este modo, no os lo puedo decir.

Al entrar en el gran salón, leí:

Lat. 500 8' N.

Long. 300 44' O.

Car. 255 millas.

El mismo resultado. No habíamos recorrido aún más que 1.100 millas, contando las 310 que hay de Fastenet a Liverpool. La tercera parte del viaje, aproximadamente. Durante el resto del día, marineros oficiales, pasajeros, continuaron «descansando», como Dios después de crear América». No resonaba ningún piano en los salones. Los juegos de damas no salieron de sus cajas ni las barajas de sus estuches. Aquel día tuve ocasión de presentar el doctor Pitferge al capitán Corsican. Mi original logró entretener a Corsican, refiriéndole la historia secreta del Great Eastern, con el objeto de convencerle de que era un buque maldito, embrujado, que necesariamente había de tener mal fin. La leyenda del maquinista soldado, hizo mucha gracia a Corsican, aficionado como un buen escocés, a lo maravilloso; pero no pudo, sin embargo, contener una sonrisa de incredulidad.

—Me parece — dijo el doctor —, que el capitán no da entero crédito a mis leyendas.

—¡Mucho!... ¡Es mucho decir! — repuso Corsican.

—¿No creeréis más, capitán, si os demuestro que en este buque, por la noche, aparecen fantasmas?

—¿Fantasmas? ¡Cómo! ¿También hay aparecidos? ¿Lo creéis?

—Creo — respondió el doctor —, todo lo que me refieren personas dignas de crédito. Sé, por los oficiales de cuarto y por los marineros, unánimes sobre este punto, que en las noches oscuras, una sombra, una forma indecisa, pasea por el buque. ¿Cómo viene? No se sabe. ¿Cómo desaparece? Tampoco se sabe.

—¡Por San Dustaní! ¡La acecharemos juntos! — exclamó Corsican.

—¿Esta noche? — preguntó el doctor.

—Sí. Y vos — añadió Corsican, volviéndose hacia mí —, ¿nos acompañaréis?

—No dije —. No quiero turbar el incógnito del fantasma. Prefiero creer que el doctor se chancea.

—No me chanceo — repuso el terco Pitferge.

—¡Vamos, doctor! — le dije —. ¿Creéis formalmente en los muertos que recorren las cubiertas de los buques?

—Creo en los muertos que resucitan — contestó el doctor —. Esto es tanto más extraño cuanto que soy médico.

—Médico — dijo Corsican, como si le asustase la palabra.

—No os alarméis, capitán — respondió el doctor sonriendo amistosamente —. En viaje, no ejerzo.

CAPÍTULO XV

Al día siguiente, primero de abril, el mar presentaba un aspecto primaveral. Reverdecía, a los primeros rayos del sol, como una pradera. Aquella madrugada de abril en el Océano era soberbia. Las olas se desenvolvían voluptuosas, y algunas marsopas saltaban como clowns, en la láctea estela del buque.

Encontré a Corsican, que me hizo saber que el aparecido anunciado por el doctor no había juzgado oportuno dejarse ver. Sin duda, la noche le habría parecido demasiado clara. Ocurrióseme la idea que aquello podía muy bien haber sido una chanza de Pitferge, autorizada por el primer día de abril, pues semejante costumbre está muy admitida en Inglaterra y en América, así como en Francia. No faltaron bromistas y burlados; unos se enfadaban, otros se reían. Hasta se cambiaron algunas puñadas, pero éstas entre sajones, no se transforman nunca en estocadas. Sabido es, en efecto, que el desafío tiene, en Inglaterra, penas muy severas. Ni los militares pueden batirse, cualquiera que sea la razón que aleguen. El matador es condenado a las penas más aflictivas e infamantes. El doctor me citó el nombre de un oficial que se hallaba en presidio, hace mucho tiempo, por haber herido de muerte a su enemigo, en un desafío leal. Esto hace comprender por qué ha desaparecido el desafío de las costumbres británicas.

Con un hermoso sol, la observación del mediodía fue muy buena. Dio 480 47' de latitud, 360 48' de longitud y sólo 250 millas como carrera. El transatlántico de peor fama tenía derecho a ofrecernos remolque. El capitán Anderson estaba muy disgustado; el ingeniero atribuía la poca presión a la poca ventilación de los nuevos fogones, pero yo creo que la falta consistía en haber disminuido imprudentemente el diámetro de las ruedas.

Pero, a las dos, mejoró la marcha. La actitud de los dos prometidos me reveló la novedad. Apoyados en la borda de estribor, palmoteaban y gritaban, muy contentos. Miraban, sonriendo, los tubos de escape que se elevaban a lo largo de las chimeneas del Great Eastern, cuyos orificios se coronaban de un ligero vapor blanquecino. La presión había subido en las calderas de la hélice, y el poderoso agente forzaba sus válvulas, a pesar de su carga de 21 libras. No era aquello aun más que una débil respiración, un tenue aliento, pero los jóvenes lo bebían con sus ojos. No, ¡no fue más feliz Dionisio Papin cuando vio medio levantada la tapadera de su célebre marmita!

—¡Humean! ¡Humean! — exclamó la joven miss, en tanto que un ligero vapor se escapaba también de sus labios entreabiertos.

—Vamos a ver la máquina respondió él, estrechando bajo su brazo el de su futura.

Pitferge y yo seguimos a la enamorada pareja.

—¡Qué hermosa es la juventud! — repetía el doctor.

—¡Sí — decía yo —, la juventud entre dos!

Pronto estuvimos también nosotros asomados a la escotilla de la máquina de la hélice. En el fondo de aquel vasto pozo, a 60 pies de profundidad, distinguimos los cuatro grandes émbolos horizontales que se embestían, humedeciéndose a cada movimiento con una gota de aceite lubrificador.

El joven tenía su reloj en la mano, y ella apoyada en su hombro, seguía la manecilla de los segundos. Él, en tanto, contaba las vueltas de la hélice.

—¡Un minuto! — dijo ella.

—¡Treinta y siete vueltas! — respondió él.

—¡Treinta y siete y media! — dijo el doctor, que fiscalizaba la operación.

—¡Y media! — gritó la joven —. Ya lo oís, Edward. Gracias, caballero — añadió, dirigiendo al doctor la más amable de las sonrisas.

CAPÍTULO XVI

En la puerta del gran salón, se veía el siguiente programa.

ESTA NOCHE

PRIMERA PARTE

Ocean Time.

Song: Beautiful isle of the sea.

Reading.

Piano solo: Chant du berger.

Scotch song.

Mr. MacAlpine.

Mr. Ewig.

Mr. Afflect.

Mrs. Alloway.

Dr. T...

Descanso de diez minutos

SEGUNDA PARTE

Piano solo.

Burlesco: Lady of Lyon.

Entertainment.

Song: Happy moment.

Song: Your remember.

Mr. Paul V...

Dr. T...

Sir James Anderson.

Mr. Norville.

Mr. Ewig.

FINAL

God save the Queen

Como se ve, era un concierto completo lo que se anunciaba, con dos partes, entreactos y final. Pero algo debía faltar en el programa, pues oí decir, detrás de mí:

«¡Vaya! ¡Nada de Mendelsohn!»

Me volví; era un simple camarero quien así protestaba de la omisión de su música favorita.

Volví a subir a cubierta, en busca de Macelwin. Corsican me acababa de decir que Fabián había salido de su camarote, y quería, sin importunarle, sacarle de su aislamiento. Le encontré en la parte de proa. Hablamos durante largo rato, pero no hizo alusión alguna a su pasado.

En ciertos momentos permanecía absorto, pensativo, sin ver ni oír, apretando su corazón, como para contener un espasmo doloroso. Entretanto que hablábamos, Harry Drake pasó varias veces por delante de nosotros. Siempre era el mismo alborotador y molesto con sus movimientos, como lo sería un molino de aspas en un Salón de baile. ¿Me engañaba? Puede ser, porque me hallaba prevenido, pero me pareció que Harry Drake observaba a Fabian con cierta insistencia. Fabián debió notarlo, porque me dijo:

—¿Quién es ése?

—No sé — le respondí.

—¡Es antipático! — añadió Fabián.

Dejad en alta mar dos buques, sin corriente ni vientos, y concluirán por atracar uno a otro. Poned en el espacio dos planetas inmóviles, y acabarán por chocar. Colocad dos enemigos en medio de un gentío y se encontrarán, más o menos pronto: todo es cuestión de tiempo. Esto es fatal.

Llegada la noche, el concierto se efectuó con arreglo al programa. El salón, lleno de gente, estaba profusamente alumbrado. Por las escotillas entreabiertas se veían las anchas caras tostadas por el sol y las curtidas manos de los marineros. Parecían mascarones esculpidos en las volutas del techo.

En los umbrales de las puertas hormigueaban los camareros. Los espectadores de ambos sexos estaban sentados en los escaños de los lados y en butacas y sillas colocadas alrededor del piano, fuertemente atornillado entre las dos puertas del salón de señoras y al cual todos daban frente. A veces un estremecimiento agitaba la concurrencia: todas las cabezas, a modo de oleada, tomaban una misma dirección; unos a otros se apretaban, sin hablar ni bromear. No había peligro de caer, gracias a lo prensados que estaban. Empezó la función con el Ocean Time. Era el Ocean Time un diario político, comercial y literario, que algunos pasajeros habían fundado para las necesidades de a bordo. Ingleses y americanos son muy dados a tales pasatiempos. Redactan su hoja durante el día. Si los redactores no son gran cosa, tampoco lo son los lectores. Poco les basta.

El número del 1º de abril contenía un artículo bastante pesado sobre política general, gacetillas que no hubieran hecho reír a ningún francés, noticias de Bolsa bastante sosas, telegramas muy tontos y algunas descoloridas noticias de actualidad. Semejantes bromas sólo divierten, si acaso, a sus autores. El honorable Macalpine, americano dogmático, leyó con convicción aquellas elucubraciones, entre los aplausos de la concurrencia, y terminó con estas noticias:

«Se anuncia que el presidente Johnson ha abdicado en el general Grant.

»Se da como cosa cierta que el papa Pío IX ha designado para sucederle al príncipe imperial.

»Dícese que Hernán Cortés ha acusado de plagiario a Napoleón III por su conquista de Méjico.»

Así que el Ocean Time hubo recibido suficiente cosecha de aplausos, el honorable mister Living, un tenor bastante buen mozo, suspiró la hermosa isla del mar, con toda la aspereza de una garganta inglesa.

La lectura «reading» me pareció de interés muy dudoso. Un digno hijo de Tejas leyó, en voz alta, algunos párrafos de un libro que había empezado a leer en voz baja. Fue muy aplaudido.

El Canto del pastor, para piano solo, por mistress Alloway, inglesa que tocaba con la fuerza de un rubio picapedrero, como hubiera dicho Teófilo Gautier, y una pantomima escocesa del doctor T... dieron fin a la primera parte del programa.

Después de un entreacto de diez minutos, durante el cual nadie abandonó su puesto, el francés Paul V. nos propinó unos valses inéditos, que fueron aplaudidos estrepitosamente. El médico del buque, joven rubio y presuntuoso, leyó una escena bufa, parodia de la Dama de Lyon, drama muy conocido en Inglaterra.

Al burlesco sucedió el entertainment. ¿Qué nos preparaba, bajo este nombre, mister Anderson? ¿Un sermón o una conferencia? Ni uno ni otro. Sir James Anderson se levantó sonriendo siempre, sacó de su bolsillo una baraja, y después de remangar los blancos puños de su camisa, hizo juegos de manos tan sencillos como graciosos. Bravos y aplausos.

Después del Happy moment de mister Norville y del Your remember de Mr. Ewing, el programa anunciaba el God save the Queen. Pero algunos americanos rogaron al francés Paul V. que cantara el himno nacional de Francia, y mi dócil compatriota entonó el principio del inevitable Partant pour le Siry. Enérgicas reclamaciones de un grupo de nordistas que deseaban oír La Marsellesa. El obediente pianista, sin hacerse rogar, con una condescendencia que revelaba tanta facilidad musical como profundidad de convicciones, atacó vigorosamente el canto de Rouget de L'Isle. Aquel fue el triunfo del concierto. Después la reunión, en pie, entonó lentamente el cántico nacional que «ruega a Dios que guarde a la Reina».

En resumen, el concierto valió lo que valen los conciertos caseros; los autores y sus amigos estaban de enhorabuena. Fabian no asistió a él.

CAPÍTULO XVII

El mar, en la noche del lunes al martes, estuvo bastante agitado. Los tabiques gimieron y bailaron los fardos. Cuando subí a cubierta, a las siete de la mañana, llovía. Refrescó el viento, y el oficial de cuarto mandó cargar las velas. El buque, sin apoyo, empezó a columpiarse de firme. La cubierta estaba despejada y hasta los salones se hallaban poco concurridos. Las dos terceras partes de los pasajeros faltaron al lunch y a la comida. No fue posible jugar al whist, porque las mesas se escapaban bajo las manos de los jugadores. Los dados eran imposibles. Algunos valientes leían o dormían, tendidos en los escaños. No era peor aguantar la lluvia sobre cubierta. Los marineros, vestidos de S. 0. y con sacos, impermeables, paseaban filosóficamente. El segundo, bien envuelto en su abrigo de caoutchouc, hacía su cuarto. Sus ojuelos brillaban de contento entre las ráfagas y el chubasco. ¡Le gustaba aquello! ¡Y eso que el buque bailaba como quería!

Las aguas del cielo y del mar se confundían en la bruma a pocos cables de distancia. La atmósfera era gris. Algunas aves pasaban chillando, por entre la húmeda niebla. A las diez, por la banda de estribor, se señaló una fragata que corría viento en popa, pero no se pudo reconocer su nacionalidad.

A eso de las once, el viento amainó, volviendo dos cuartos. La brisa se echó al N. O. y la lluvia cesó de pronto. Algunos claros entre las nubes dejaron ver el azul del cielo. El sol apareció un momento y pudo hacerse una observación He aquí su resultado.

Lat. 460 29' N.

Long. 420 25' O.

Dist. 256 millas.

Por lo visto, a pesar de la mayor presión de las calderas la velocidad del buque no había aumentado. Pero la culpa era del viento Oeste, que, atacando de proa al buque, retardaba su marcha.

A las dos volvió a esperarse la niebla, mientras la brisa refrescaba. La bruma era tan densa que los oficiales, colocados en sus puestos, no veían a los marineros que estaban a proa. Semejantes vapores acumulados, son el mayor peligro de la navegación, pues dan lugar a encuentros imposibles de evitar; un choque en el mar es peor que un incendio.

Así, en medio de las brumas, oficiales y marineros vigilaban con un cuidado que no les fue superfluo, pues a eso de las tres apareció una fragata a doscientos metros del Great- Eastern, sus velas, destrozadas por el viento, no gobernaban El Great Eastern, gracias a la prontitud con que la gente de cuarto dio la señal al timonel, pudo evitar pasarla por ojo Las señales muy bien entendidas, se hacían por medio de una campana colocada en la toldilla de proa. Un golpe significaba buque a proa; dos, buque a estribor, tres, buque a babor. El hombre que se hallaba a la barra gobernaba convenientemente, evitando el abordaje.

Siguió el viento refrescando hasta la noche. Pero los balanceos disminuyeron, porque la mar, cubierta ya por los bancos de Terranova, no podía moverse. Mister Anderson anunció, para aquella noche, un nuevo «entretenimiento». Los salones se llenaron de gente a la hora marcada. Pero aquella vez no se trataba de hacer juegos de manos. James Anderson contó la historia del cable transatlántico que él mismo había colocado. Enseñó pruebas fotográficas que representaban los aparatos para la inmersión, e hizo circular el modelo del empalme de los trozos del cable. En una palabra, mereció los tres aplausos que acogieron su conferencia, parte de los cuales correspondían de derecho al promovedor de la empresa, al honorable Cyrus Field, presente en la reunión.

CAPÍTULO XVIII

Al amanecer del 3 de abril, presentaba el horizonte el matiz particular que los ingleses llaman blink. Era una reverberación blanquecina, que anunciaba próximos hielos. Efectivamente, navegábamos en las aguas donde flotan las primeras moles de hielo que salen del golfo de Davis, destacándose de los inmensos bancos. Para evitar encuentros con ellos se organizó una vigilancia especial.

Soplaba una fuerte brisa del Oeste. Jirones de nubes, verdaderos andrajos de vapores barrían la superficie del mar. Por sus agujeros se veía el azul del cielo. Oíase el sordo hervor de las olas, despeinadas por el viento, y las gotas de agua, pulverizadas, se resolvían en espuma.

Ni Fabián, ni Corsican, ni Pitferge habían subido aún a cubierta. Me dirigí hacia la proa. Allí las paredes, al acercarse, forman un ángulo resguardado, un retiro en el cual un ermitaño hubiera podido vivir alejado del mundo. Me coloqué en aquel rincón, sentado en un rollo de cable y con los pies sobre una enorme polea. El viento de proa rozaba la cresta de mi masa cubridora sin llegar a mi cabeza. El sitio era bueno para hacer castillos en el aire. Mis ojos abrazaban toda la extensión del buque. Podía seguir sus largas líneas, algo encorvadas, que se dirigían hacia la popa. En primer término, un gaviero, agarrado a los obenques de trinquete con una mano, trabajaba con la otra con admirable destreza. Más abajo el oficial de cuarto, de espalda al viento y envuelto en su capote de capucha, resistía los envites del viento. Del mar sólo distinguía una línea estrecha de horizonte, trazada por detrás de los tambores. Arrastrado por sus poderosas máquinas, el buque, cortando las ondas con su afilado estrave, se estremecía, como los costados de una caldera cuyo fuego se activa poderosamente. Algunos torbellinos de vapor, arrancados por la brisa que los condensaba con rapidez extraña, se retorcían al salir de los tubos de escape. Pero el colosal barco, cara al viento y sobre tres olas, apenas sentía las agitaciones de aquel mar, sobre el cual un transatlántico, menos indiferente a las ondulaciones, hubiera sido traído y llevado como una pelota.

A las doce y media, el cartel marcó 440 53' de latitud Norte y 470 6' de longitud Oeste. ¡Sólo 227 millas en veinticuatro horas! ¡Los dos novios debían maldecir aquellas ruedas que no rodaban, aquella hélice que languidecía, aquel insuficiente vapor que no obraba conforme a sus deseos!

A cosa de las tres, el cielo, limpio por el viento, resplandecía. Las líneas del horizonte se purificaron, ensanchándose en torno del punto central ocupado por el Great Eastern. Cedió la brisa, pero el mar continuó elevando anchas olas de un verde extraño y con bordes de espuma. Tanto oleaje no correspondía a tan poco viento; el Atlántico gruñía aún.

A las tres y media se señaló un buque a babor. Era una fragata americana que mandaba su número; se llamaba el Illinois y llevaba rumbo a Inglaterra.

En el mismo instante, el teniente H... me hizo saber que pasábamos sobre la cola del banco de New Found Land, nombre que dan los ingleses al de Terranova. Estábamos en las ricas aguas donde se pescan esos bacalaos, de los cuales tres bastarían para alimentar a Inglaterra y América, si se desarrollaran todos sus huevos.

Pasó el día sin novedad. Los paseantes habituales visitaron la cubierta. Arquibaldo y yo no perdíamos de vista a Fabián y a Harry Drake; hasta entonces la casualidad nos favorecía. La noche reunió en el salón a sus dóciles tertulianos. Siempre los mismos ejercicios, lecturas y cantos; siempre los mismos aplausos, prodigados por las mismas manos o los mismos artistas, que acabaron por parecerme más aceptables. Hubo un incidente extraordinario, pues estalló una acalorada discusión entre un nordista y un tejano. Este pedía un «emperador» para los Estados del Sur. Afortunadamente aquella disputa política, que amenazaba concluir a cachetes fue interrumpida por un telegrama imaginario dirigido al Ocean Time y concebido en estos términos: «El capitán Senmaes, ministro de la Guerra, ha hecho pagar por el Sur la averías del Alabama.»

CAPÍTULO XIX

Al dejar el salón, vivamente alumbrado, subí a cubierta con Corsican. La noche era oscura. No se veía una estrella. Las ventanas de los camarotes brillaban como bocas de hornos encendidos. Apenas se veía a la gente de cuarto, que paseaba lentamente por las toldillas. Pero se respiraba el aire libre, cuyas frescas moléculas absorbía el capitán Arquibaldo con todos sus pulmones.

—Me ahogaba en el salón — me dijo —. ¡Aquí, al menos, nadamos en plena atmósfera! ¡Esta absorción me da la vida! Para no vivir medio asfixiado necesito cien metros cúbicos de aire puro cada veinticuatro horas.

—Respirad, capitán, respirad a vuestras anchas — le respondí —. Aquí hay aire para todos y la brisa no os regatea vuestro contingente. Confieso que los habitantes de París y Londres no conocen el oxígeno más que de nombre.

—Sí, prefieren el ácido carbónico. De gustos no hay nada escrito. ¡Por mi parte, me desagrada hasta en el champaña!

Mientras hablábamos, íbamos costeando la borda de estribor, abrigados del viento por la alta pared de los camarotes. Las negras chimeneas vomitaban torbellinos de humo negro, constelados de chispas. Al ronquido de las máquinas acompañaban los silbidos de los obenques metálicos que, azotados por la brisa, resonaban como cuerdas de arpa. A este rumor se unía, periódicamente, el grito de los centinelas: «¡Babor, alerta! ¡Estribor, alerta!»

No se había omitido precaución alguna para la seguridad del buque en medio de aquellas aguas frecuentadas por los hielos flotantes. El capitán, de cuarto en cuarto de hora, hacía sacar un cubo de agua; si su temperatura hubiera sido inferior a cierto límite, inmediatamente hubiera hecho variar el rumbo. Sabía el capitán, en efecto, que quince días antes el Pereire se había visto cercado por los témpanos, a la misma latitud, y era preciso evitar tamaño peligro. Su orden de noche prescribió siempre una vigilancia rigurosa. Dos oficiales permanecieron a su lado, uno dedicado a las señales de la hélice, otro a las de la máquina de las ruedas. Otro oficial con dos marineros velaba a la parte de proa, mientras que un contramaestre y un marinero se mantenían en el estrave Podíamos los viajeros dormir tranquilos.

Después de observar estas disposiciones, Corsican y yo regresamos a popa. Antes de retirarnos, quisimos permanecer aún algún tiempo sobre cubierta, como dos lugareños pacíficos en la plaza de su pueblo.

Al parecer estábamos solos. Pero nuestros ojos, así que se hubieron habituado a la oscuridad, distinguieron un hombre, completamente inmóvil, asomado al pasamanos. Corsican, después de examinarle atentamente, me dijo:

—¡Es Fabián!

Efectivamente, él era. Pero no nos vio, pues se hallaba completamente estático, en muda contemplación, con la mirada fija en un ángulo de las cámaras; sus ojos brillaban en la sombra. ¿Qué miraba? ¿Cómo podía atravesar aquella profunda oscuridad? Aunque según mi modo de ver, lo mejor era dejarle en paz, Corsican, acercándose a él, le dijo:

—¿Fabián?

Fabián no respondió. No le había oído. Corsican le llamó otra vez. Fabián se estremeció, volvió un momento la cabeza y dijo:

—¡Silencio!

Después, señaló con la mano una sombra que se movía lentamente, al extremo de la línea de las cámaras. Después, sonriendo con tristeza, murmuró:

—¡La dama negra!

Me agitó un estremecimiento; sentí que Corsican, cuyo brazo estaba unido al mío, se estremecía también. Aquella era la aparición anunciada por Pitferge.

Fabián había vuelto a sumirse en su contemplación soñadora. Yo, con el pecho oprimido, con la mirada vaga, veía aquella forma humana, medio delineada en la sombra, que pronto marcó sus contornos con más claridad. Adelantaba, vacilaba, se detenía, volvía a caminar, más bien deslizándose que andando. ¡Un alma errante! A diez pasos de nosotros se detuvo. Entonces pude distinguir la forma de una mujer esbelta, envuelta con una especie de albornoz pardo y con la cara oculta por un espeso velo.

—¡Una loca! Una loca, ¿verdad? — murmuró Fabián.

Y era una loca, en efecto. Pero Fabián no hablaba con nosotros, sino consigo mismo.

Pero aquella pobre criatura se acercó más aún. Me pareció ver brillar sus ojos al través de su velo cuando se fijaron en Fabián. Se acercó a él. Fabián se levantó electrizado. La tapada le puso la mano sobre el corazón como para contar sus latidos... Después, huyendo, desapareció.

Fabián cayó de rodillas, con las manos extendidas.

—¡Ella! — murmuró.

Y luego, sacudiendo la cabeza:

—¡Qué alucinación! — dijo.

El capitán Corsican le cogió la mano, diciendo:

—¡Ven, Fabián; ven!

Y arrastró tras sí a su desdichado amigo.

CAPÍTULO XX

Corsican y yo no abrigábamos la menor duda de que aquella sombra era Elena, la prometida de Fabián, la esposa de Drake. La fatalidad los había reunido en el mismo buque. Fabián no le había reconocido, aunque había gritado: « ¡Ella! » ¿Cómo había de reconocerla? Pero no se había engañado al decir: «¡Una loca!» Lo estaba sin duda. ¡El dolor, la desesperación, su amor muerto en su corazón, el contacto del hombre indigno que la había robado a Fabián, la ruina, la miseria, la vergüenza, habían destrozado su alma! De esto hablábamos al otro día con Corsican. No dudábamos de la identidad de aquella joven. Era Elena, a quien Drake arrastraba consigo al continente americano, asociándola aún a su vida de aventuras. Los ojos del capitán chispeaban, al acordarse de aquel miserable. Mi corazón estallaba. ¿Qué podíamos contra él, marido y amo? Nada. Pero lo más importante era impedir un nuevo encuentro de Fabián y Elena, porque el joven acabaría por reconocer a su prometida, lo cual daría lugar a la catástrofe que queríamos evitar. Aún podíamos conseguir que aquellos dos seres desventurados no volvieran a verse. La pobre Elena no se presentaba nunca de día en los salones ni sobre cubierta. Sólo de noche, esquivando a su carcelero, sin duda, se bañaba en aquel aire húmedo, pidiendo a la brisa un pasajero alivio. Dentro de cuatro días lo más, el Great Eastern habría llegado a Nueva York. Podíamos, pues, confiar en que la casualidad no burlaría nuestra vigilancia, y en que Fabián ignoraría siempre que Elena había hecho con él la travesía del Atlántico. Pero el hombre propone y Dios dispone.

La dirección del buque había variado algo durante la noche. Tres veces, habiendo acusado el agua del cubo 270 Farenheit, es decir, de 3 a 4 grados centígrados bajo cero, había bajado hacia el Sur. Era indudable que teníamos muy cerca grandes hielos. Aquella mañana presentaba el cielo un brillo singular, la atmósfera era blanca; todo el Norte estaba aclarado por una reverberación intensa, producida evidentemente por el poder reflector de los ventisqueros y bancos de hielo. Una brisa penetrante atravesaba el espacio, y a las diez, una nevada de finísimos copos, espolvoreó de blanco la cubierta del buque. Después se elevó un banco de brumas, en medio del cual señalamos nuestra presencia con silbidos atronadores y continuos, que espantaron a las bandadas de aves acuáticas que se habían posado en las vergas del Great-Eastern.

A las diez y media, después de haber remontado la niebla, apareció en el horizonte un buque de hélice, a estribor. El extremo blanco de su chimenea indicaba que pertenecía a la Compañía de Yuman, dedicada al transporte de emigrantes, de Liverpool a Nueva York. Envió su número y pudimos ver que era el City of Limerik, de 1.600 toneladas y 256 caballos. Venía con retraso, pues había salido de Nueva York el sábado.

Antes del lunch, algunos pasajeros organizaron una especie de lotería que no podía desagradar a aquellos aficionados a todo lo que es juego o lo parece. El resultado no debía ser conocido hasta pasados cuatro días. Era lo que se llama la «rifa del práctico». Sabido es que, cuando llega un buque a la entrada del puerto, un piloto, llamado «práctico», sube a su bordo. Divídense las veinticuatro horas del día y de la noche en cuarenta y ocho medias horas o en noventa y seis cuartos de hora, según el número de jugadores; cada uno de éstos, a quien corresponde una hora determinada, pone un dólar; se lleva el premio el jugador durante cuyo cuarto de hora o media hora pone el práctico el pie en el buque. El juego es, como veis, poco complicado; no es una carrera de caballos, sino de cuartos de hora.

El honorable canadiense MacAlpine tomó la dirección de la empresa.

Reunió fácilmente noventa jugadores, algunos del bello sexo, que no eran los menos aficionados al juego. Seguí la corriente y di un dólar, tocándome en suerte el cuarto de hora número 64. Era un mal número, del cual no podía esperar provecho. En efecto, aquellas subdivisiones de tiempo se contaban de un mediodía al siguiente; hay, pues, cuartos de hora de día y de noche. Estos últimos valen poco, pues los buques no suelen aventurarse por la noche a navegar cerca de los varaderos de los puertos, por cuyo motivo es muy difícil que durante ellos se reciba práctico a bordo. Pero me consolé fácilmente.

Al bajar al salón, vi anunciada para aquella noche una lectura. El misionero del Utah iba a hablar sobre el mormonismo. Buena ocasión para iniciarse en los misterios de la Ciudad de los Santos. Además, aquel Elder, mister Hatch, debía ser buen orador y de convicciones. La ejecución debía estar a la altura de la obra. El anuncio de semejante conferencia fue favorablemente acogido.

Aquel día leímos:

Lat. 420 32' N.

Long. 510 59' O.

Car. 254 millas.

A las tres de la tarde anunciaron los timoneles un vapor de cuatro palos. Aquel buque modificó ligeramente su rumbo para acercarse al Great Eastern, que a su vez, dejó orzar algo, por orden de su capitán, y pronto el vapor nos dijo su nombre. Era el Atlante, uno de esos grandes barcos que hacen el servicio de Londres a Nueva York, tocando en Brest. Nos saludó y le saludamos, perdiéndole pronto de vista, por correr a contrabordo.

En aquel momento me anunció Dean Pitferge, con disgusto, que no tendría ya efecto la conferencia de mister Hatch. Las puritanas de a bordo habían prohibido a sus maridos iniciarse en el mormonismo.

CAPÍTULO XXI

El cielo, que estaba encapotado, se despejó a las cuatro. El mar estaba en calma y el buque no sufría balanceo. Parecía que estábamos en tierra firme. La inmovilidad del Great Eastern sugirió a algunos pasajeros la idea de organizar carreras. El suelo era más llano que el de la pista del hipódromo de Epsom, y a falta del Gladiator y de la Touque, hacían su papel escoceses de pura sangre. Cundió pronto la noticia, acudiendo los deportistas y apresurándose los espectadores a dejar los salones y camarotes. Un inglés, el honorable

Macarthy, fue nombrado presidente, y los corredores se presentaron acto continuo. Eran seis marineros, especie de centauros, caballos y jockeys en una pieza, prontos a disputar el premio del Great Eastern.

Las dos anchas calles formaban el campo de las carreras. Los corredores debían dar tres veces la vuelta al buque, recorriendo así un espacio de unos 1.300 metros. Pronto las tribunas, es decir, las toldillas, se cuajaron de curiosos, armados de anteojos y algunos de velos verdes, sin duda para preservarse del polvo del Atlántico. Faltaban los carruajes, es verdad, pero no el espacio para hacerlos entrar en fila.

Las señoras, desplegando un lujo asiático, ocupaban la toldilla de popa. El golpe de vista era hermosísimo.

Fabián, Corsican, Pitferge y yo estábamos colocados en la toldilla de proa, en el sitio que podía llamarse el recinto del peso. Allí se habían reunido los verdaderos gentleman. Ante nosotros estaba el poste de salida y llegada. Empezaron las apuestas, con entusiasmo británico, arriesgándose enormes sumas, sin más garantía que la cara de los corredores cuyas hazañas aún no estaban inscritas en el studbook. No sin inquietud vi a Harry Drake intervenir en los preparativos con su acostumbrado aplomo, discutiendo, disputando, resolviendo con un tono que no admitía réplica. Afortunadamente, Fabián, aunque había apostado algunas libras, permanecía indiferente a aquel estrépito. Se mantenía aparte, con la frente arrugada y la mente en otra parte.

Entre los corredores, dos habían llamado más particularmente la atención. Uno de ellos, escocés de Dundée llamado Wilmore, era un hombrecillo flaco, avispado, ancho de pecho. El otro, mocetón bien plantado, largo como un caballo de carreras, era un irlandés llamado O'Keilly, que a los ojos de los inteligentes, podía competir ventajosamente con Wilmore. Apostaban por él, tres contra uno, y yo, cediendo al entusiasmo general, iba a arriesgar a su favor algunos dólares, cuando el doctor me dijo:

—Optad por el pequeño, creedme. El grande va a dar chasco.

—¿Por qué?

—Porque no es de pura sangre — dijo con seriedad el doctor —. Puede tener gran velocidad inicial, pero carece de resistencia. El otro es escocés, es de raza. Ved su cuerpo bien equilibrado sobre sus aplomos, fuertes sin rigidez. Debe haberse adiestrado en correr «a la pata coja», es decir, saltando sucesivamente sobre uno y otro pie, sin ganar terreno, produciendo al menos doscientos movimientos por minuto. Apostad por él, repito; no os pesará.

Seguí el consejo de mi sabio doctor y aposté a favor de Wilmore. Los otros cuatro no merecían siquiera que me acordara de ellos.

Se sortearon los puestos, saliendo favorecido el irlandés, a quien tocó la cuerda. Los seis corredores se alinearon a la altura del poste. No había que temer falsas salidas, lo cual facilitaba el trabajo del presidente.

Diose la señal, que fue acogida con grandes aclamaciones. Los inteligentes reconocieron en el acto como Wilmore y O'Keilly eran andarines de profesión. Sin hacer caso de sus rivales, que les adelantaban resoplando, llevaban el cuerpo algo inclinado, la cabeza alta, los codos unidos al cuerpo, los puños ligeramente adelantados, acompañando cada movimiento del pie opuesto con un movimiento alternativo. Iban descalzos. Su talón, que nunca tocaba el suelo, les dejaba la elasticidad suficiente para conservar la fuerza adquirida. En una palabra, todos sus movimientos se relacionaban y apoyaban.

A la segunda vuelta, O'Keilly y Wilmore, siempre alineados, habían distanciado a sus adversarios, que ya habían echado el pulmón, como suele decirse. Demostraban palpablemente la verdad de este axioma que repetía el doctor:

«No se corre con las piernas, sino con el pecho. Bueno es tener fuerza en las corvas, pero es mejor tenerla en los pulmones.»

En la penúltima vuelta, los gritos de los espectadores saludaron de nuevo a sus favoritos. Los vivas y palmadas resonaron por todos lados.

—El chiquitín gana — me dijo Pitferge —. No bufa y su rival jadea.

En efecto, Wilmore tenía el semblante tranquilo y descolorido. O'Keilly humeaba como una hoguera de paja mojada.

Andaba «a fuerza de látigo», usando la expresión adoptada en la jerga de los deportistas. Pero se mantenían en la misma línea. Pasaron por fin más allá de la escotilla de la máquina, pasaron del poste de llegada.

—¡Bravo! ¡Bien por Wilmore! — gritaron los unos.

—¡Bien por O'Keilly! — exclamaron los otros.

—¡Ha ganado Wilmore!

—¡No, hay empate!

La verdad era que había ganado Wilmore, pero por menos de media cabeza. Así lo dijo el honorable Macarthy. Pero la discusión se acaloró, llegando a palabras mayores. Los partidarios de O'Keilly, particularmente Harry Drake, sostenían que había dead head y debía empezar de nuevo la dudosa carrera.

Fabián, arrastrado por un movimiento involuntario, se acercó a Drake y le dijo con frialdad:

—Os equivocáis, caballero. El escocés ha vencido.

Drake se adelantó con prontitud hacia Fabián.

—¿Qué decís? — preguntó en tono de amenaza.

—Que os equivocáis — respondió tranquilamente el capitán.

—Sin duda — repuso Drake —, porque habéis apostado por Wilmore.

—He apostado por el otro, como vos. Pago y callo.

—Señor mío — gritó Drake —, ¿queréis, acaso, enseñarme?...

Corsican no le dejó acabar, pues se colocó entre él y Fabián, con el firme propósito de tomar la cuestión por cuenta propia. Trató a Drake con una dureza y un desprecio muy significativo, pero Drake, por lo visto no quería habérselas con él. Así que hubo concluido Corsican, cruzándose de brazos y dirigiéndose a Fabián, dijo Drake:

—Este caballero, según veo, necesita que sus amigos le defiendan.

Fabián quiso arrojarse sobre Drake, pero le contuve. Por otra parte, los amigos del tunante se lo llevaron, no sin que hubiese dirigido a Fabián una mirada de odio.

Corsican y yo bajamos con Fabián, que se limitó a decir con voz serena:

—En la primera ocasión, le daré de bofetadas.

CAPÍTULO XXII

En la noche del viernes al sábado, atravesó el Great-Eastern la corriente del Gulf Stream, cuyas aguas, más azules y calientes, se distinguían perfectamente de las que las limitaban a uno y otro lado. La superficie de esta corriente, apretada entre las olas del Atlántico, es hasta ligeramente convexa. Aquella corriente, es pues, un río de márgenes movibles y uno de los más considerables del globo, pues reduce a simple arroyos el río de las Amazonas y el Mississippi. La temperatura del agua que se sacó durante la noche, había subido, de 270 Farenheit a 510, lo cual equivale a 12 centígrados.

El 5 de abril empezó con una magnífica salida de sol Las largas olas de fondo resplandecían. Una brisa tibia del Sudoeste lamía las jarcias. Estábamos en los primeros días agradables. El sol, que en el continente hubiera hecho que los campos se cubrieran de verdura, hizo brotar en el buque frescos tocados. La vegetación se retrasa a veces, pero la moda nunca. Pronto se llenaron las calles de grupos paseantes. Parecía que nos hallábamos en los Campos

Elíseos, un domingo de hermoso sol de mayo.

No vi en toda la mañana a Corsican. Deseando noticias de Fabián, me dirigí a su camarote, junto al gran salón. Llamé a su puerta, pero no me respondió. Abrí. Fabián había salido.

Subí a cubierta. Entre los paseantes, no se hallaba mi amigo el doctor. Se me ocurrió entonces la idea de buscar el lugar del buque donde estaba confinada la pobre Elena. ¿Qué camarote ocupaba? ¿Dónde la tenía encerrada Harry Drake? ¿A qué manos estaba entregada aquella infeliz, a quien su marido abandonaba durante días enteros? Sin duda a las de alguna interesada criada de a bordo, o alguna enfermera indiferente. Quise enterarme, no por mera curiosidad, sino en interés de Elena y Fabián, aunque no fuera más que para evitar un encuentro, siempre temible.

Empecé por inspeccionar los camarotes del gran salón de señoras, recorriendo los pasillos de los dos pisos en que el buque se dividía por aquella parte. Mis pesquisas eran fáciles, porque en la puerta de cada camarote, estaba escrito el nombre de los pasajeros, a fin de simplificar el servicio de los camareros. No encontré el nombre de Harry Drake, lo cual no me sorprendió, pues aquel hombre debía haber preferido un camarote de los dispuestos en la parte de popa, junto a los salones menos frecuentados. Por lo demás, no habiendo admirado los fletadores más que una clase de pasajeros, los camarotes de popa y los de proa eran iguales bajo el punto de vista de las comodidades.

Me dirigí hacia los comedores y recorrí atentamente los pasillos laterales que separaban las dos filas de camarotes. Todos estaban ocupados; todos tenían en la puerta el nombre de algún pasajero; pero el de Harry Drake faltaba aun. Entonces me asombré, pues creía haber visitado toda nuestra ciudad flotante, y no sabía que hubiera en ella otro barrio más lejano. Pero un camarero, a quien interrogué, me dijo que existían otros cien camarotes, detrás de los dining-rooms.

—¿Por dónde se baja a ellos? — pregunté.

—Por una escalera que desemboca en la cubierta, junto al salón.

—¿Y sabéis cuál ocupa mister Harry Drake?

—Lo ignoro me respondió.

Subí a cubierta, costeé la cámara indicada y llegué a la escalera, que conducía, no a grandes salones, sino a una habitación oscura, alrededor de la cual había una doble fila de camarotes. Para aislar a Elena, no podía Drake haber elegido lugar más a propósito. La mayor parte de aquellos camarotes carecía de habitantes. Los reconocí, puerta por puerta. Había en las tarjetas algunos nombres; pero no el de Drake. Desanimado, iba a retirarme, cuando llegó a mis oídos un murmullo, apenas perceptible, que partía del fondo del corredor de la izquierda. Me dirigí hacia aquel lado.

Los sonidos fueron acentuándose, y reconocí una especie de canto quejumbroso, cuyas palabras no llegaban a mí.

Escuché. Cantaba una mujer, revelando su voz profunda pena. Aquella voz debía ser la de la pobre loca. Mis presentimientos no me engañaban. Me acerqué sin ruido al camarote número 775, que era el último de aquel oscuro pasillo y debía estar alumbrado por tragaluces inferiores, practicados en la quilla del buque. No había ningún nombre escrito en la puerta. Harry Drake no tenía interés en que fuera conocido el destino de Elena.

La voz de la desdichada llegaba clara a mis oídos. Su canto era una serie de frases interrumpidas, una mezcla extraña de dulzura y tristeza.

Parecía que una persona, bajo la impresión de un sueño magnético, recitaba estrofas irregulares.

¡No! ¡No había duda para mí! Quien cantaba de aquel modo era Elena; estaba seguro de ello, aunque tenía miedo de reconocer su identidad.

Después de escuchar por espacio de algunos minutos, cuando iba a retirarme, oí pasos en el corredor. ¿Era Drake? En interés de Elena y Fabián, no quería ser sorprendido en aquel sitio.

Por fortuna, el pasillo, dando vuelta a la doble fila de camarotes, me permitía subir a cubierta sin ser visto. Pero quería saber quién venía. La oscuridad me protegía, y colocándome en un rincón, podía ver sin que me vieran.

El ruido había cesado. ¡Coincidencia extraña! Con él había cesado el canto de Elena. Pronto volvió a empezar el canto, y el piso volvió a crujir bajo la presión de un paso lento. Alargué la cabeza, y en el fondo del corredor, en vaga claridad de la importa de los camarotes, reconocí a Fabián.

¡Era mí desventurado amigo! ¿Qué instinto le conducía allí? ¿Había, pues, descubierto, antes que yo, la vivienda de la joven? No sabía a qué atenerme. Fabián adelantaba con lentitud, a lo largo de las paredes, escuchando, siguiendo, como por un hilo, aquella voz que le atraía, tal vez a pesar suyo, sin saberse él mismo. Sin embargo, me parecía que el canto se debilitaba a medida que Fabián se iba acercando, y que aquel hilo iba a romperse... Fabián llegó a la puerta del camarote y se detuvo.

¡Cómo debía palpitar su corazón, al eco de aquellos tristes acentos! ¡Cómo debía estremecerse todo su ser! Era imposible que aquella voz no despertara en él recuerdos del pasado. Pero al mismo tiempo, ignorando la presencia de

Harry Drake, ¿cómo había de sospechar la presencia de Elena? No era posible; sólo le atraían, sin duda, aquellos dolientes ayes, que correspondían al inmenso dolor que llevaba consigo.

Fabián escuchaba. ¿Qué haría? ¿Llamaría a la loca? ¿Y si Elena aparecía de pronto? Todo era posible. ¡Qué situación tan peligrosa! Fabián se aproximó aún más a la puerta. El canto que languidecía poco a poco, murió en el acto; después se oyó un grito desgarrador.

Elena, por medio de una comunicación magnética, ¿sentía cerca de sí al que amaba? La actitud de Fabián era espantosa. Estaba abismado en sí mismo. ¿Iba a derribar la puerta? Me pareció así, y me precipité sobre él. Me reconoció. Le arrastré. Se dejó arrastrar. Y luego con voz sorda:

—¿Sabéis quién es esa desgraciada? — me preguntó.

—No, Fabián, no lo sé.

—¡Es la loca! — dijo —. Pero su mal no es incurable. Un poco de amor curaría a esa pobre mujer. Así lo creo.

—¡Venid, Fabián — dije — venid!

Llegados sobre cubierta, Fabián se separó de mí, sin decir una palabra, pero no le perdí de vista hasta que hubo entrado en su camarote.

CAPÍTULO XXIII

Poco después encontré a Corsican y le referí la escena a que acababa de asistir. Comprendió, como yo, que la situación se agravaba. ¿Podríamos evitar sus peligros? ¡Ah! ¡Qué no hubiéramos dado por acelerar la marcha del Great-Eastern, poniendo un Océano entre Drake y Fabián!

Al separarnos, Corsican y yo convinimos en vigilar más severamente que nunca a los actores del drama, cuyo desenlace podía a cada momento estallar a pesar nuestro.

Aquel día esperábamos al Australasian, paquebote de la compañía Cunard de 2.760 toneladas y que recorre la línea de Liverpool a Nueva York. Debía haber salido de América el miércoles por la mañana, y no podía tardar en aparecer

A las once algunos pasajeros ingleses abrieron una suscripción a favor de los heridos de a bordo, algunos de los cuales no habían salido aun de la enfermería; entre ellos se hallaba el contramaestre, amenazado de una claudicación incurable. La lista se cubrió de firmas, aunque algunas dificultades accesorias originaron palabras mal sonantes.

A las doce, el sol permitió hacer una observación exacta:

Lat. 410 41'11" N.

Long. 580 37' O.

Carrera 257 millas.

La latitud estaba aproximada hasta los segundos. Los dos novios, que acudieron a consultar el cartel hicieron un gesto de desagrado. Decididamente, el vapor se conducía mal con ellos.

Antes de lunch, el capitán Anderson quiso traer a los pasajeros del fastidio de tan larga travesía, y organizó ejercicios gimnásticos, dirigidos por él en persona. Cincuenta aficionados armados como él con palos, imitaron todos sus movimientos, con exactitud de monos sabios. Aquellos gimnastas improvisados trabajaban metódicamente, sin desplegar los labios, como milicianos en parada.

Para la noche, se anunció otro entertainment, al cual no asistí, porque aquellas inocentadas repetidas me empalagaban. Otro periódico, rival de Ocean Time, se refundió en éste aquella noche.

Pasé las primeras horas de ella sobre cubierta. El mar se agitaba y anunciaba mal tiempo, a pesar de que el cielo estaba aún hermoso. También empezaban a acentuarse los balances. Acostado en uno de los bancos de la toldilla, admiraba las constelaciones del firmamento. Hormigueaban las estrellas en el cenit, y aunque la simple vista no pudiera distinguir más que cinco mil en toda la esfera celeste, me parecía que, en aquella noche, era posible contarlas por millones. Veía arrastrándose por el horizonte en toda su magnificencia zodiacal, la cola de Pegaso, como el manto estrellado de una reina, de la reina de un cuento de hadas. Las Pléyades se mostraban en las alturas del cielo, al mismo tiempo que los Gemelos que, pese a su nombre, no se levantan juntos como los héroes de la fábula. El Toro me miraba con sus grandes y chispeantes ojos. En la cumbre de la bóveda brillaba Vega, la futura polar, y no lejos de ella se marcaba el río de diamantes que constituye la Corona Boreal. Todas estas constelaciones inmóviles parecían moverse, obedeciendo los balances del barco, y durante su oscilación, el palo mayor describía un arco de círculo, dibujando con limpieza, desde la C de la Osa Mayor hasta Altair del Aguila, en tanto que la Luna, ya baja, bañaba en el horizonte el extremo de su disco.

CAPÍTULO XXIV

Qué mala la noche. El buque, espantosamente azotado al sesgo, iba y venía con violencia. Los muebles bailaron con estrépito, los frascos de tocador empezaron a dar música. Mucho había refrescado el viento. El Great Eastern navegaba en aquellas aguas fecundas en siniestros, donde la mar es siempre mala.

A las seis de la mañana me arrastré hasta la escalera del gran salón. Agarrándome a los peldaños, y aprovechando una de cada dos oscilaciones, logré llegar a cubierta, por la cual me arrastré, no sin trabajo, hasta llegar a la toldilla de proa que estaba desierta, si de tal puede calificarse un lugar en que sólo se hallaba el doctor Pitferge. Aquel buen hombre, sólidamente aferrado, encorvaba su espalda, presentándola al viento, rodeando con su pierna derecha uno de los montantes de los pasamanos. Me hizo seña de que me acercara por supuesto, la hizo con la cabeza, pues tenía ocupadas las manos en agarrarse a los pasamanos para resistir los esfuerzos de la tempestad. Después de algunos movimientos de rotación, enroscándome como un anélido, llegué junto al doctor, y me aseguré como él.

— ¡Vamos! — me dijo —. ¿Esto continúa lo mismo, eh? ¡Pícaro Great Eastern! ¡Precisamente en el momento de llegar, una tromba, una verdadera tromba, hecha de encargo para él!

El doctor sólo pronunciaba frases entrecortadas. El viento se comía la mitad de sus palabras. Pero yo le había entendido. La palabra tromba lleva consigo su definición.

Todos sabemos lo que son esas tempestades giratorias, llamadas huracanes en el Océano Indico y en el Atlántico, formados en la costa de Africa y tifones en los mares de China, tempestades que con su fuerza irresistible ponen en peligro los buques más grandes.

El Great Eastern estaba cogido en una de estas trombas. ¿Cómo le haría frente?

—¡Lo va a pasar mal! — repetía Pitferge —. ¡Mirad, mete las narices en la pluma!

Aquella metáfora marítima convenía perfectamente a la situación del buque. Desaparecía su estrave bajo las montañas de agua que por babor y de proa le atacaban. No se vela a lo lejos. ¡Todos los síntomas de una tempestad! Esta se declaró a las siete. La mar se hizo monstruosa. Las pequeñas ondulaciones intermedias que marcan el desnivel de las grandes olas, desaparecieron, aplastadas por el viento. El Océano se hinchaba; la cima de sus anchas olas se estrellaba con indescriptible furia. Las nubes crecían en altura, a cada momento, y el Great Eastern, que las recibía al sesgo, bailaba espantosamente.

—Una de dos — dijo el doctor, con aplomo de marino —, o capear a medio vapor, recibiendo de frente las olas, o huir de esta mar endemoniada. No hay otro remedio. Pero el capitán Anderson no hará ni una ni otra de estas dos maniobras.

—¿Por qué? — pregunté.

—¡Por qué!... ¡Porque ha de suceder algo!

Al volverme, vi al capitán, al segundo y al primer ingeniero, envueltos en sus capuchones y agarrados a los guardalados. La bruma de las olas los envolvía de pies a cabeza. El capitán, como siempre, sonreía. El segundo reía, enseñando sus blancos dientes cuando el buque oscilaba de tal modo que, al parecer, los palos y las chimeneas iban a derrumbarse.

La terquedad del capitán, su obstinación en luchar con el mar, me asombraba. A las siete y media, era horrible el aspecto del Atlántico. Contemplaba el sublime espectáculo de un combate entre las olas y el gigante. Comprendía, hasta cierto punto, la tenacidad del «amo despúes de Dios», que no quería ceder. Pero olvidaba que el poder del mar es infinito, y que no puede resistirle nada de lo que hace el hombre. En efecto, por poderoso que fuera, el gigante debía huir ante la tempestad.

De pronto, a eso de las ocho, se produjo un choque. Una formidable montaña de agua acababa de atacar al buque por proa y babor. «Esto no es un arañazo — dijo el doctor —, sino una puñalada en la cara».

Efectivamente, el golpe nos había magullado. Algunas astillas aparecían en la cresta de las olas. ¿Eran pedazos de nuestra propia carne, o de algún cuerpo extraño? El capitán hizo la señal para virar un cuarto, a fin de que aquellos restos no se colaran entre las paletas de las ruedas. Miré con más atención y vi que la ola se había llevado el pavés de babor, a 50 pies sobre el nivel del agua. Muchas planchas del forro habían saltado; otras temblaban, retenidas aún por algunos clavos. El Great Eastern se había estremecido al choque, pero seguía su camino con imperturbable audacia. Era preciso quitar cuanto antes los restos que obstruían la proa, para lo cual era indispensable huir ante el mar. Pero el buque, animado por todo el brío de su capitán, se empeñaba en hacer frente. No quería darse por vencido. Un oficial y algunos hombres fueron a limpiar la cubierta por la proa.

—¡Atención! — me dijo el doctor —. ¡No está lejos la catástrofe!

Avanzaron los marineros hacia la proa, con el oficial. Cogidos al palo segundo, mirábamos por entre las brumas. Cada ola escupía sobre cubierta un torrente. De repente, un golpe de mar más violento que el primero, pasó por la brecha de la obra muerta, arrancó una enorme plancha que cubría la bita de proa, demolió la maciza cubierta bajo la cual se hallaba el alojamiento de la marinería, y atacando de frente las paredes de estribor, las hizo pedazos, llevándoselas como pedazos de tela echados al viento.

Los hombres yacían por tierra. Uno de ellos, un oficial, medio ahogado, sacudió sus rojas patillas y se puso en pie. Viendo tendido y sin conocimiento a uno de sus marineros, sobre un ancla, cargó con él y se lo llevó. Los marineros huían en los destrozos. ¡En el entrepuente había tres pies de agua! Nuevos restos cubrían el mar, contándose entre ellos algunos centenares de las muñecas que mi compatriota de la calle Chapon pensaba aclimatar en América. Todas aquellas figuritas, arrancadas de su caja por un golpe de mar, bailaban sobre las olas, y en otra ocasión menos crítica nos hubieran hecho desternillar de risa. La inundación ganaba terreno. Por las aberturas se precipitaban masas líquidas, siendo tal el asalto del mar que, según la relación del maquinista, el Great Eastern, embarcó más de 2.000 toneladas de agua; esto hubiera hecho zozobrar una de las mayores fragatas.

—¡Bueno! — dijo el doctor, mientras una ráfaga se llevaba su sombrero.

La situación era insostenible. Locura hubiera sido intentar más prolongada resistencia. Era preciso huir más que de prisa. El buque, empeñado en resistir de frente las olas, con el estrave roto, era como un hombre que nada entre dos aguas, con la boca abierta.

¡Por fin, el capitán Anderson lo comprendió! Le vi correr a la ruedecilla que mandaba las evoluciones del gobernalle. En el acto, precipitóse el vapor a los cilindros de popa, y el coloso, revolviéndose como una canoa, dio la cara al Norte y echó a correr ante la tempestad.

En aquel instante, el capitán, ordinariamente tan sereno y dueño de sí, gritó con rabia:

—¡Mi buque está deshonrado!

CAPÍTULO XXV

Apenas el Great Eastern hubo virado de bordo, apenas presentó su popa a las olas, cesaron los balances. A la agitación sucedió la inmovilidad absoluta. El almuerzo estaba servido. La mayor parte de los pasajeros, tranquilizada por la inmovilidad del buque descendió a los dining-rooms, donde, durante el almuerzo, no se experimentó un sacudimiento ni un choque. Ni un plato cayó al suelo; ni una copa derramó sobre el mantel su contenido, a pesar de no haberse dispuesto las mesas de suspensión. Pero, tres cuartos de hora más tarde, empezó la danza de los muebles; las suspensiones se mecieron en el aire, las porcelanas chocaron entre sí, encima de los aparadores. El Great Eastern acababa de emprender nuevamente su interrumpida marcha al Oeste.

Subí a cubierta, acompañado de Pitferge, que encontró allí al de las muñecas.

—Caballero — le dijo —, toda vuestra gentecilla se ha fastidiado. He ahí unas muñecas que no tartamudearán en los Estados de la Unión.

—¡Bah! — respondió el industrial parisiense —. La pacotilla estaba asegurada y no se ha ahogado con ella mi secreto. Volveremos a hacer muñecas como esas.

Por lo visto, mi compatriota no se ahogaba en poca agua. Nos saludó amablemente y nos dirigimos hacia la popa, donde un timonel nos dijo que las cadenas del gobernalle se habían enredado, durante el tiempo transcurrido entre el primer golpe de mar y el segundo.

—Si semejante accidente hubiera sobrevenido en el momento de la evolución — me dijo Pitferge —, no sé lo que hubiera pasado, porque el mar se precipitaba en el buque a torrentes. Las bombas de vapor han empezado ya a sacar agua, pero aún queda mucha.

—¿Y el pobre marinero? — le pregunté.

—Está gravemente herido en la cabeza. ¡Pobre muchacho! Es un pescador, casado, padre de dos niños y hace su primer viaje a ultramar. El médico del buque no responde de su vida, lo cual me hace temer por ella. En fin, pronto lo veremos. Se ha dicho que el golpe de mar se ha llevado algunas personas, pero, afortunadamente, no es cierto.

—¿Hemos emprendido otra vez nuestro camino?

—Sí, el camino al Oeste, contra viento y marea —, añadió, cogiéndose a un guarda mancebo para no rodar por el suelo —. ¿Sabéis lo que haría yo con el Great Eastern, si fuera mío? Pues haría de él un barco de lujo a diez mil francos el pasaje. No habría a bordo más que millonarios, gente que no tuviera prisa. Tardaríamos más de un mes en la travesía de Inglaterra a América. Jamás cortaríamos olas al sesgo. Siempre viento en popa o de proa, y nunca balances ni arfadas. Mis pasajeros estarían libres de mareo y les pagaría cien libras por cada náusea.

—Esa es una idea realizable — le dije.

—¡Sí! — replicó —. ¡Se podría ganar dinero, o perderlo!

El buque continuaba avanzando a pequeña velocidad, dando a lo sumo, seis vueltas de rueda, con objeto de mantenerse. El oleaje era terrible, pero el estrave cortaba normalmente las olas y no embarcaba agua. No era ya una montaña de metal que avanzaba contra otra de agua, sino una roca secentaria que recibía indiferente los besos de las olas. Una lluvia copiosísima nos obligó a buscar refugio en el gran salón. El efecto del chaparrón fue calmar el viento y la mar. El cielo aclaró por el Oeste y las últimas gruesas nubes se deshicieron en el horizonte opuesto. A las diez, la tempestad daba su último resoplido.

A las doce, las observaciones pudieron hacerse con cierta exactitud, y dieron:

Lat. 410 50' N.

Long. 510 67' O.

Car. 193 millas.

Esta considerable disminución en el camino recorrido no podía atribuirse más que a la tempestad, que había combatido al buque por la noche y al amanecer, tempestad tan terrible que uno de los viajeros verdadero habitante de aquel Atlántico que había atravesado 43 veces, no había visto otra igual. El maquinista confesó que, durante aquellos tres días que pasó el Great Eastern en el hueco de las olas, no había sufrido tan fuertes ataques. Pero seamos justos: si no marcha más que medianamente, este admirable steam ship, ofrece en cambio seguridad completa contra los furores del mar. Resiste como una mole maciza, debiendo esta rigidez a la homogeneidad perfecta de su construcción, a su doble quilla y a lo maravillosamente ajustadas que están sus piezas. Su resistencia es absoluta.

Pero repetimos, igualmente, que, por grande que sea su fuerza, no es prudente oponerla a una mar desencadenada. Por grande que sea, por resistente que se le suponga, un buque no queda deshonrado por huir de la tempestad. Un capitán no debe olvidar jamás que la vida de un hombre vale más que una satisfacción del amor propio. Obstinarse es peligroso, empeñarse es censurable, y un ejemplo reciente, una catástrofe sobrevenida a un vapor correo oceánico, prueba que un capitán no debe luchar exageradamente contra el mar, aun cuando se vea alcanzado por un vapor de una compañía rival.

CAPÍTULO XXVI

Las bombas proseguían sacando el lago interior de Great Eastern, parecido a un estanque en medio de una isla. Poderosas y rápidamente movidas por el vapor, devolvieron al mar lo que era suyo. Había cesado la lluvia; el viento refrescaba de nuevo; el cielo, barrido por la tempestad, estaba puro. Entrada la noche, seguía paseando sobre cubierta. Los salones despedían largas fajas de luz por sus ventanas abiertas. Hacia la popa, hasta los límites de la mirada, se proyectaba un fosforescente remolino, rayado irregularmente por la cresta luminosa de las olas. Reflejándose en aquellas capas blanquecinas, las estrellas desaparecían y aparecían como en medio de nubes impelidas por una fuerte brisa. Alrededor y a lo lejos se extendía la noche oscura. Hacia la popa gruñía el trueno de las ruedas, y bajo mis pies, sentía los chasquidos de las cadenas del gobernalle.

Llegado al gran salón, me sorprendió hallar en él una compacta multitud de espectadores. ¡Cuánto aplauso! A pesar de los desastres del día, el entertainment de costumbre desarrollaba las sorpresas de su programa. Del marinero herido, moribundo, nadie se acordaba. Reinaba grande animación. Los pasajeros acogían con satisfacción marcada la primera representación de una compañía de ministrels, en las tablas del Great Eastern. Estos ministrels son cancioneros ambulantes, negros o ennegrecidos según su origen, que recorren las ciudades inglesas dando conciertos grotescos. En aquella ocasión, los cantores eran marineros o camareros pintados de negro. Llevaban trajes de desecho, galletas en lugar de botones, tenían anteojos formados por botellas apareadas y rabeles hechos con cuerdas y vejigas. Aquellos gaznapiros, muy granujas por cierto, cantaban coplas burlonas e improvisaban discursos razonados con equívocos y retruécanos. Al verse aplaudidos, exageraban sus contorsiones y gestos. Para terminar, un bailarín, ágil como un mono, ejecutó un paso que entusiasmó a la concurrencia.

Pero por interesante que fuera el programa de los ministrels, no divertía a todos los pasajeros. Muchos se divertían de otro modo, apretándose en torno de las mesas del salón de proa. Allí se jugaba en grande. Los gananciosos defendían las ganancias hechas durante la travesía; los desgraciados trataban de reponerse, pues el tiempo apremiaba, por medio de golpes de audacia. Salía de aquella sala un violento ruido. Oíase la voz del banquero cantando los golpes, las imprecaciones de los que perdían, el retintín del oro, el crujir de los billetes de Banco. A lo mejor reinaba profundo silencio, pasado el cual, aumentaban en intensidad y número los gritos.

Tengo horror al juego, por cuyo motivo apenas me eran conocidos los abonados del smoking room. El juego es un placer siempre grosero, a veces malsano. El hombre atacado de esta enfermedad no puede menos de padecer otras. Es un vicio que nunca va solo. La sociedad de los jugadores, mezclada siempre a todas las sociedades, no me agrada. Allí dominaba Harry Drake, en medio de sus secuaces. Allí preludiaban su vida de aventuras algunos vagos que iban a América a hacer fortuna. Como yo evitaba siempre el contacto de aquella gentuza, pasé por delante de la puerta, sin intención de entrar, cuando me detuvo un tumulto de gritos e injurias. Escuché, y con grande asombro mío, creí reconocer la voz de Fabián. ¿Qué hacía allá? ¿Iba a buscar a su enemigo? ¿Estaba a punto de estallar la tan temida catástrofe?

Empujé con fuerza la puerta. El alboroto estaba en su apogeo. Entre el montón de jugadores, vi a Fabián que estaba en pie, frente a Harry Drake, en pie también. Sin duda Drake acababa de insultar groseramente a Fabián, porque la mano de éste se levantó y, si no cruzó la cara de su adversario, fue porque Corsican se interpuso, deteniéndole con rápido ademán.

Pero Fabián, dirigiéndose a Drake, le dijo con acento fríamente burlón:

—¿Dais el bofetón por recibido?

—Sí — respondió Drake —. ¡Aquí está mi tarjeta!

La inevitable fatalidad había puesto frente a frente a aquellos dos mortales enemigos. Ya era tarde para separarlos. Las cosas debían seguir su curso. Corsican me miró: sus ojos en abstracta expresión, revelaban menos emoción que tristeza.

Fabián había cogido la tarjeta que Drake había dejado sobre la mesa. La tenía entre las puntas de los dedos, como un objeto que no se sabe por dónde cogerlo. Corsican estaba pálido. Mi corazón latía con violencia. Fabián miro, por fin, la tarjeta, y leyó el nombre que contenía. Un rugido brotó de su pecho.

—¡Harry Drake! — exclamó —. ¡Vos! ¡Vos! ¡Vos!

—Yo mismo, capitán Macelwin — respondió tranquilamente el rival de Fabián.

¡No nos había engañado! Si Fabián había ignorado hasta aquel momento el nombre de Drake, éste se hallaba sobradamente informado de la presencia de Fabián en el Great Eastern.

CAPÍTULO XXVII

Al día siguiente, corrí en busca de Corsican y le hallé en el gran salón. Había pasado la noche junto a Fabián, que aún no se había repuesto de la terrible emoción que le había causado el nombre del marido de Elena. ¿Acaso una secreta intención le hacía comprender que Drake no estaba sólo a bordo? ¿La presencia de aquel hombre le revelaba la de Elena? ¿Adivinaba que la pobre loca era la niña a quien adoraba hacía tantos años? Corsican no pudo decírmelo, porque Fabián no había pronunciado una palabra en toda la noche.

Corsican sentía, hacia Fabián, una especie de pasión fraternal. Desde la infancia, su intrépida naturaleza le había seducido. Estaba desesperado.

—He intervenido demasiado tarde — me dijo —. ¡Antes que Fabián levantara su mano sobre Drake, he debido abofetear a ese miserable!

—Inútil violencia — le dije —. Drake no os hubiera seguido al terreno a que pretendíais llevarle. Buscaba a Fabián, y era inevitable la catástrofe.

—Tenéis razón — me dijo —. Ese canalla ha conseguido su objeto. Conocía todo lo pasado, todo el amor de Fabián. Tal vez Elena, privada de su razón, le ha revelado sus más secretos pensamientos. Tal vez, antes de su matrimonio, la leal Elena le contó lo que ignoraba de su vida de niña y de joven. Impulsado por sus malos instintos, hallándose en contacto con Fabián, ha buscado este lance, reservándose el papel de ofendido. Ese tuno debe de ser un espadachín consumado, un matón.

—Sí — respondí —. Cuenta varios lances de este género.

—No es el desafío lo que yo temo — respondió Corsican —. El capitán Fabián Macelwin es uno de esos hombres a quienes no turba ningún peligro. Lo que temo son las consecuencias. Si Fabián mata a ese hombre, por vil que sea, abre un abismo entre Elena y él. Sabe Dios que, en el estado en que esa infeliz mujer se encuentra, necesita un apoyo como Fabián.

—Pero, suceda lo que suceda, lo que debemos desear, por Elena y Fabián, es que Drake sucumba. La justicia está de nuestra parte.

—Cierto, pero debemos temerlo todo, y estoy traspasado de dolor, pues, a costa de mi vida, hubiera querido evitar a Fabián este encuentro.

—Capitán — respondí cogiendo la mano de tan adicto amigo —, aún no hemos recibido la visita de los padrinos de Drake. Aunque todas las circunstancias os dan la razón, aún no puedo desesperar.

—¿Conocéis algún medio de evitar el desafío?

—No, hasta ahora, al menos. Sin embargo, ese desafío, si ha de efectuarse, ha de ser en América, y antes de llegar, la casualidad, que ha creado esta situación, puede libramos de ella.

Corsican movió la cabeza, como hombre que no admite la eficacia de la casualidad en los negocios humanos. En aquel momento subió Fabián la escalera que conducía a la cubierta. Me impresionó su palidez. La herida sangrienta de su corazón había vuelto a abrirse. Entristecía su aspecto. La seguimos. Erraba, sin objeto, evocando aquella pobre alma medio libre de su cubierta mortal, y trataba de evitarnos.

—¡Era ella! ¡La loca! — dijo —. Era Elena, ¿no es verdad? ¡Pobre Elena mía!

Dudaba aún, y se alejó de nosotros, sin esperar una respuesta que no hubiéramos tenido valor para darle.

CAPÍTULO XXVIII

Al mediodía, Drake no había enviado aún sus padrinos, a pesar de que ya debía haberse cumplido este preliminar, si Drake trataba de obtener satisfacción con las armas en la mano. ¿Podía darnos alguna esperanza aquel retraso? Yo sabía perfectamente que las razas sajonas entienden las cuestiones de pundonor de muy distinta manera que nosotros, y que el desafío ha desaparecido casi por completo de las costumbres inglesas. Como ya he dicho, no sólo la ley es severa con los duelistas, y no es fácil eludirla, como en Francia, sino que la opinión se declara contra ellos. Pero el caso de Drake y Fabián era excepcional. El lance había sido buscado, deseado. El ofendido había, por decirlo así, provocado al ofensor, y todos mis razonamientos, conducían a esta deducción: el encuentro de aquellos dos hombres era inevitable.

En aquel momento, los paseantes invadieron la cubierta. Eran los fieles domingueros, que salían del templo. Oficiales, marineros y pasajeros regresaban a sus puestos o a sus camarotes.

A las doce y media el cartel anunciaba:

Lat. 400 33 y N.

Long. 660 21' O.

Car. 214 millas.

El Great Eastern no distaba más que 348 millas de la punta de Landy Hook, lengua pantanosa que forma la entrada de los pasos de Nueva York. Pronto iba a surcar las aguas americanas.

Durante el lunch, Drake ocupaba su puesto de costumbre; pero Fabián no se halla en el suyo. Aunque charlatán, me pareció que aquel tunante estaba intranquilo. ¿Pedía al vino el olvido de sus remordimientos? No lo sé; pero se entregaba a continuas ovaciones, en compañía de sus amigos de siempre. Varias veces me miró de reojo, no atreviéndose a encararse conmigo, a pesar de su insolencia. ¿Buscaban a Fabián entre los convidados? No sé. Me llamó la atención que abandonara la mesa bruscamente, antes de terminar la comida. Me levanté acto continuo, para observarle, pero se dirigió a su camarote, donde se encerró.

Subí a cubierta. El mar estaba tranquilo y sereno el cielo. Ni una nube ni un poco de espuma. El doctor Pitferge me dio malas noticias del marinero herido. A pesar de las seguridades que daba el médico, el estado del paciente empeoraba.

A las cuatro, pocos minutos antes de la comida, fue señalado un buque a babor. El segundo me dijo que debía ser el City of París, de 2.750 toneladas, uno de los mejores steamers de la compañía de Inman; pero se engañaba, pues habiéndose acercado el buque nos dio su nombre Saxonia, de la Steam National Company. Por espacio de algunos instantes, los dos buques corrieron a contrabordo, a menos de tres cables de distancia. La cubierta del Saxonia estaba ocupada por sus pasajeros, que nos saludaron con una triple aclamación.

A las cinco otro buque en el horizonte, pero demasiado distante para que pudiéramos reconocer su nacionalidad. Debe ser el City of París. ¡Qué atractivo tienen esos encuentros de buques, de esos huéspedes del Atlántico, que se saludan al paso! No es posible la diferencia entre buque y buque. El común peligro es un lazo de unión hasta entre desconocidos.

A las seis, tercer buque, el Filadelfia, de la línea de Inman, dedicado al transporte de emigrantes de Liverpool a Nueva York. Decididamente, la tierra no podía distar mucho pues recorríamos mares frecuentados. Yo estaba ansioso de tocar en ella.

Se esperaba también al Europa, barco de ruedas de 3.200 toneladas y 1.300 caballos, perteneciente a la Compañía transatlántica, dedicado al servicio de pasajeros entre E Havre y Nueva York; pero no fue señalado. Sin duda había remontado al Norte.

A cosa de las siete y media anocheció. El disco de la Luna se separó del sol poniente y permaneció algún tiempo suspenso en el horizonte. Una lectura religiosa hecha por Anderson en el gran salón, entrecortada por cánticos, se prolongó hasta las nueve de la noche.

Terminó el día sin que Corsican y yo recibiéramos la visita de los padrinos de Drake.

CAPÍTULO XXIX

El día 8 de abril amaneció hermosísimo. El sol se levantó radiante. Sobre cubierta encontré al doctor, bañándose en los efluvios luminosos. Se dirigió a mí.

—¡Cómo ha de ser! — me dijo —. ¡Nuestro pobre herido ha muerto! ¡Oh, los médicos! ¡No temen nada! ¡Es el cuarto compañero que nos abandona desde nuestra salida de Liverpool, el cuarto que ha de apuntar el Great Eastern en su pasivo! ¡Y aún no hemos llegado!

—¡Pobre hombre! — dije —. Al llegar al puerto, ¡casi enfrente de las costas americanas! ¿Qué será de su mujer y de sus hijos?

—¡Qué le hemos de hacer! — respondió el doctor —. Es la ley, la gran ley. ¡Hemos de morir! ¡Hay que ceder el puesto a los que vienen! No morimos, al menos así lo creo, sino porque ocupamos un sitio a que otro tiene derecho. ¿Sabéis cuántas personas habrán fallecido durante mi vida, si dura sesenta años?

—No sé, doctor.

—Bien sencillo es el cálculo. Si vivo sesenta años habré vivido 21.900 días o 525.600 horas o 31.536.000 minutos, o en número redondo, dos mil millones de segundos. Durante este tiempo habrán muerto dos mil millones de personas que estorbaban a sus sucesores, y yo partiré del mismo modo, cuando sea un estorbo. La cuestión está en estorbar lo más tarde posible.

El doctor prosiguió desenvolviendo esta tesis, tratando de probarme que todos somos mortales. No creí oportuno contradecirle. Mientras paseábamos, vi a los carpinteros, ocupados en reparar las averías de la proa. Si el capitán quería entrar sin averías en Nueva York, debían darse prisa, porque el Great Eastern navegaba en aquellas tranquilas aguas con velocidad mayor que la observada hasta entonces. Para comprender esto bastaba ver a los dos jóvenes prometidos que, apoyados en la borda, no contaban ya las vueltas de las ruedas. Los largos émbolos se movían con rapidez, y los enormes cilindros, oscilando en sus muñones, se asemejaban a un grupo de campanas lanzadas a vuelo. Las ruedas daban once vueltas por minuto, y el buque marchaba a razón de trece millas por hora.

A las doce, los oficiales no se ocuparon de observar el sol. Conocían su posición por rutina. Pronto se iba a señalar la tierra.

Después del lunch, mientras paseaba, vino a buscarme el capitán Corsican. Tenía algo que decirme. Lo comprendí, al ver la expresión de su semblante.

—Fabián — me dijo —, ha recibido a los testigos de Drake. Me ha nombrado padrino suyo y os ruego me acompañéis. ¿Puede contar con vos?

—Sí, capitán. ¿Por lo visto, ya no hay esperanza de arreglo?

—Ninguna.

—Pero, decidme: ¿cómo empezó la cuestión?

—Una disputa de juego, un pretexto, ni más ni menos. Si Fabián no conocía a Drake, éste conocía a Fabián. El nombre de Fabián es un remordimiento para ese hombre, y quiere darle muerte con el hombre que lo lleva.

—¿Quiénes son los testigos de Drake?

—Uno de ellos es ese farsante...

—¿El doctor T...?

—Precisamente. El otro es un yanqui a quien no conozco.

—¿Cuándo los veremos?

—Los espero aquí.

En efecto, pronto divisé a los dos testigos de Drake, que se acercaban a nosotros.

El doctor T... estaba muy satisfecho: le parecía haber crecido cinco codos, sin duda porque apadrinaba a un pillastre. Su compañero, otro de los comensales de Drake, era uno de esos mercaderes eclécticos que están siempre dispuestos a vender cualquier cosa que se les quiera comprar.

El doctor T... tomó la palabra, después de haber hecho con énfasis un saludo a que Corsican apenas se dignó contestar.

—Señores — dijo el doctor T... con tono solemne —; nuestro amigo Drake, un gentleman cuyo mérito y compostura son de todos conocidos, nos ha enviado a tratar con vosotros un asunto delicado. En otros términos, el capitán Fabián Macelwin, a quien nos hemos dirigido, os ha nombrado sus representantes para este lance. Creo que, nos arreglaremos, como cumple a personas bien educadas tocante a nuestra delicada misión.

No respondimos, dejando a aquel hombre recalcar su «delicadeza».

—Señores –prosiguió-, no es discutible que mister Drake es el ofendido. El capitán Macelwin, sin razón y hasta pretexto, ha desconfiado de la honradez de nuestro representado, en una cuestión de juego, y después, sin provocación alguna, le ha inferido el insulto más grave que puede recibir un caballero...

Esta fraseología melosa impacientó a Corsican, que se mordía el bigote. No podía contenerse por más tiempo.

—Basta de música, señor mío — dijo ásperamente al doctor T... cortándole la palabra —. La cuestión es muy sencilla. El capitán Macelwin ha levantado la mano contra ese mister Drake. Vuestro amigo da por recibido el bofetón. Es el ofendido y exige una satisfacción. La elección de armas es suya. ¿Qué más?

—¿El capitán Macelwin acepta? — preguntó el doctor, desconcertado por el tono de Corsican.

—Se aviene a todo.

—Nuestro amigo Drake elige el florete.

—¿En qué sitio, en Nueva York?

—No; aquí a bordo.

—¿Cuándo?

—Esta tarde, a las seis, a lo último de la toldilla que a esa hora está desierta.

—Bueno.

Dicho esto Corsican tomó mi brazo y volvió la espalda al doctor T...

CAPÍTULO XXX

No era ya posible alejar el desenlace del drama. Sólo algunas horas nos separaban del momento en que los dos adversarios habían de encontrarse. ¿Por qué Harry Drake no esperaba que su enemigo y él hubieran desembarcado? ¿Aquel buque, fletado por una compañía francesa, le parecía un terreno más a propósito para aquel desafío, que debía ser a muerte? ¿O quería deshacerse de Fabián antes que éste hubiera pisado el territorio americano y sospechara la existencia a bordo, de Elena, que Drake debía suponer ignorada de todo el mundo? Esto último debía de ser.

—Poco importa — dijo Corsican —. Cuanto antes mejor.

—¿Os parece que suplique a Pitferge que asista al desafío como médico?

—Sí, me parece bien.

Corsican fue a ver a Fabián. La campana sonaba en aquel momento. ¿Qué significaba aquel toque inusitado? El timonel me dijo que tocaba a muerto por el marinero. En efecto, iba a llevarse a cabo una triste ceremonia. El tiempo, hasta entonces tan hermoso, tendía a modificarse. Gruesas nubes subían pesadamente hacia el Sur.

Al oír la campana, los pasajeros acudieron en tumulto hacia estribor. Los tambores, los obenques, las pasarelas, las bordas y hasta las lanchas, colgadas de sus pescantes, se llenaron de espectadores. Oficiales, marineros y fogoneros francos de servicio, se alinearon sobre cubierta.

A las dos apareció un grupo de marineros al extremo de la calle. Salía de la enfermería y pasó por delante de la máquina del gobernalle. El cuerpo del marinero, envuelto en un pedazo de lona cosido y fijo a una tabla, con una bala a los pies, iba en hombros de cuatro de sus compañeros. El pabellón inglés cubría el cadáver. El grupo avanzó lentamente por entre la concurrencia. Todos los asistentes se descubrieron.

Llegados más allá de la rueda de estribor, los que llevaban el cadáver depositaron la tabla en el descansillo en que terminaba la escalera al llegar a la cubierta.

Delante de la fila de espectadores que ocupaban el tambor, hallábanse el capitán Anderson y sus oficiales vestidos de gala. El capitán tenía en la mano un libro de oraciones. Se descubrió, y por espacio de algunos minutos, en medio de un silencio profundo, que ni la brisa turbaba, leyó con voz grave la oración de los difuntos. En aquella atmósfera pesada, tempestuosa, sin el más leve ruido, sin un soplo de aire, se oían distintamente todas sus palabras. Algunos pasajeros respondían en voz baja.

A una señal del capitán, el cadáver, levantado por los que lo habían llevado, se deslizó hacia el mar. Sobrenadó un instante, desapareciendo después en medio de un círculo de espuma.

En aquel momento la voz del vigía gritó:

—¡Tierra!

CAPÍTULO XXXI

Aquella tierra, anunciada en el momento en que el mar se cerraba sobre el cuerpo del pobre marinero, era amarilla y baja. Aquella línea de dunas poco elevadas era Long Island, la isla larga, gran banco de arena, vivificado por la vegetación que cubre la costa americana, desde la punta de Montkank hasta Brooklyn, dependencia de Nueva York. Numerosas goletas de cabotaje costeaban aquella isla, sembrada de casas de recreo. Es la campiña predilecta de los habitantes de Nueva York.

Los pasajeros saludaban con la mano a aquella tierra tan deseada, después de una travesía demasiado larga, y no exenta de accidentes penosos. Todos los anteojos estaban apuntados a aquella primera muestra del continente americano, mirándola cada uno por distinto prisma, según sus sentimientos o deseos. Los yanquis saludaban en ella a su madre patria. Los sudistas miraban con cierto desdén aquellas tierras del Norte: el desdén del vencido hacia el vencedor. Los canadienses la miraban como gentes a quienes falta poco para llamarse ciudadanos de la Unión. Los californianos, al rebasar todas las llanuras del Far West y franquear las Montañas Rocosas, ponían ya el pie en sus inagotables placeres. Los mormones, con la frente levantada y los labios fruncidos por el desprecio, apenas miraban aquellas playas, dirigiendo sus visuales más lejos, a su desierto inaccesible, a su Ciudad de los Santos, y a su Lago Salado. Para los dos prometidos, aquel continente era la Tierra de Promisión.

Pero el cielo se oscurecía más y más. Todo el horizonte sur estaba ocupado. Las nubes se acercaban al cenit. La pesadez del aire aumentaba. Un calor sofocante penetraba la atmósfera, como si el sol de julio cayera a plomo sobre ella. No terminaban aún los incidentes de aquella travesía.

—¿Queréis que os asombre? — me dijo Pitferge, que se hallaba a mi lado.

—Asombradme, doctor.

—Pues bien: antes de acabar el día tendremos tempestad.

—¡Tempestad en abril!

—El Great Eastern se burla de las estaciones — repuso el doctor, encogiéndose de hombros —. Es una tempestad hecha para él. Mirad esas nubes de mala facha que invaden el cielo. Parecen animales de los tiempos geológicos. Antes de mucho, se devorarán.

—Confieso — dije —, que el horizonte está feo. Su aspecto es tempestuoso, y tres meses más allá, sería yo de vuestra opinión, querido doctor; pero ahora no.

—Repito — dijo Pitferge, animándose —, que dentro de pocas horas estallará la tempestad. La siento, como un stormglas. Mirad esos vapores que se condensan en lo alto del cielo. Observad esos cisnes, esas «colas de gato» que se amasan en una sola nube y esos gruesos anillos que aprietan el horizonte. Pronto habrá condensación rápida de vapores, y por consiguiente, producción de electricidad. Además, el barómetro ha caído de pronto a 721 milímetros, y los vientos reinantes son del Sudoeste, los únicos que provocan tempestades en invierno.

—Vuestras observaciones podrán ser exactas, doctor —respondí, como hombre que no quiere dar su brazo a torcer —. Pero, ¿quién ha sufrido alguna vez, tempestades en esta latitud y en esta época?

—Se citan ejemplos en los anuarios. Los inviernos templados suelen marcarse por tempestades. Si os hubierais permitido vivir en 1172, o siquiera en 1824, hubierais oído gruñir el trueno, en febrero, en el primer caso, y en diciembre en el segundo. En enero de 1837, el rayo hizo estragos en Draumen, Noruega, y el año pasado los hizo en la Mancha, en el mes de febrero, echando a pique unas barcas de Treport. Si me dejarais consultar la estadística os confundiría.

—En fin, doctor, ya que os empeñáis... ya veremos. ¿Tenéis miedo al trueno?

—¡Yo! — respondió el doctor —. El trueno es mi amigo, es mi médico.

—¿Vuestro médico?

—Sí. Tal como me veis, fui atacado por un rayo, en mi cama, el 31 de julio de 1867, en Kiew, cerca de Londres, y el rayo me curó una parálisis del brazo derecho, rebelde a todos los esfuerzos de la medicina.

—¿Os chanceáis?

—Nada de eso. Es un tratamiento muy barato, tratamiento por la electricidad. Amiguito, muchos ejemplos, muy auténticos, demuestran que el rayo sabe más que los doctores más sabios; su intervención es muy útil, en casos desesperados.

—No importa — dije —, vuestro médico me inspira poca confianza, ¡no le llamaré jamás!

—Porque no le habéis visto ejercer. Recuerdo un ejemplo. En 1817, en el Connecticut, un campesino que sufría un asma, tenido por incurable, fue herido del rayo, en sus tierras, y radicalmente curado. Un rayo pectoral. ¡Ahí tenéis!

El doctor era capaz de reducir el rayo a píldoras.

—¡Reíd, ignorante, reíd! ¡No entendéis una patotada de tiempo ni de medicina!

CAPÍTULO XXXII

Jean Pitferge se marchó y yo me quedé sobre cubierta viendo cómo subía la tempestad. Fabián seguía aún en su camarote. Corsican estaba con él. Fabián tomaba, sin duda alguna disposiciones para el caso de una desgracia. Me acordé entonces de que tenía una hermana en Nueva York y me horroricé al pensar que tal vez tendríamos que llevarle muerto al hermano que esperaba. Hubiera querido ver a Fabián, pero me parecía prudente no interrumpirlos.

A las cuatro vimos otra tierra delante de la costa de Long Island. Era el islote de Tire Island, que tiene en el centro un faro que lo alumbra. En aquel momento los pasajeros habían invadido las toldillas. Todas las miradas se fijaban en la costa, que estaba a más de seis millas al Norte Esperábamos el momento en que la llegada del práctico decidiera la importante cuestión de la rifa. Los poseedores de cuartos de hora nocturnos habíamos abandonado toda pretensión, ya que los cuartos de hora de día, a excepción de los comprendidos entre las cuatro y las seis, tenían pocas probabilidades de ganar. Antes de la noche el práctico estaría a bordo, y asunto concluido. Todo el interés se hallaba pues, concentrado entre las siete u ocho personas a quienes la suerte había atribuido los próximos cuartos de hora, las cuales se aprovechaban para vender, comprar y volver a vender sus números con verdadera furia. Parecía que estábamos en Royal Exchangue de Londres.

A las cuatro y cuarto se divisó a estribor una goletilla con rumbo a nosotros. No cabía duda: era el práctico. Debía llegar a bordo antes de media hora. La lucha se empeñó, por consiguiente entre el segundo y tercero cuartos de hora, contados entre las cuatro y las cinco de la tarde. Las peticiones y ofertas menudeaban. Después se hicieron apuestas insensatas sobre la persona del práctico; las traslado fielmente:

—¡Apuesto diez dólares a que el práctico es casado!

—¡Veinte a que es viudo!

—¡Treinta dólares a que usa bigote!

—¡Cincuenta a que sus patillas son rubias!

—¡Sesenta a que tiene una verruga en la nariz!

—¡Ciento a que pondrá sobre cubierta el pie derecho antes que el izquierdo!

—¡A que fuma!

—¡A que no!

—¿Cigarro puro?

—¡No! ¡Sí! ¡No!

Y otras mil apuestas más absurdas, pero que encontraban mantenedores más absurdos aún.

Entretanto, la goleta se acercaba sensiblemente. Distinguíanse sus formas graciosas, algo elevadas por la proa, y con curvas prolongadas que le daban el aspecto de un yate de recreo. ¡Qué embarcaciones tan hermosas y sólidas son esos barcos pilotos de 50 a 60 toneladas, bien construidos para navegar, en términos que pudiesen dar la vuelta al mundo, sin envidiar a las carabelas de Magallanes! La que teníamos a la vista, ligeramente inclinada, ostentaba todas sus velas, a pesar de la brisa, que empezaba a refrescar. El mar se deshacía en espuma, bajo su estrave. Llegada a dos cables del Great Eastern, se puso al pairo y echó al agua su bote. A una señal del capitán Anderson, las ruedas y la hélice se detuvieron por primera vez después de catorce días de movimiento. Un hombre descendió de la goleta al bote; cuatro remeros bogaron hacia el

Great Eastern. Se echó una escala de cuerda por el flanco del coloso, al cual atracó la cáscara de nuez del práctico. Este trepó ágilmente y saltó a cubierta. Los gritos de alegría de los gananciosos, las exclamaciones de los que perdían le acogieron, y las apuestas y la rifa se resolvieron por estas circunstancias:

El práctico era casado,

No tenía verruga,

Tenía bigote rubio,

Había saltado con los pies juntos.

Y, por último, eran las cuatro y treinta y seis minutos, en el momento en que pisaba el Great Eastern.

El poseedor del vigésimo tercero cuarto de hora, ganaba pues, 96 dólares. Era el capitán Corsican, que no se ocupaba de semejante ganancia. No tardó en aparecer sobre cubierta, cuando se enteró de lo ocurrido, rogó al capitán Anderson que entregase sus ganancias a la viuda del pobre marinero tan desgraciadamente muerto por el golpe de mar. El comandante le apretó la mano, sin decir una palabra. Un instante después, un marinero se acercó a Corsican.

—Caballero — le dijo —, los compañeros me envían a deciros que sois un hombre de bien. Os dan las gracias en nombre del pobre Wilson, que no puede dároslas en persona.

Corsican, conmovido, estrechó la mano del marinero.

El práctico, de aspecto poco marino, con sombrero de hule, pantalón negro, levita parda con forro encarnado y un gran paraguas, era a la sazón el amo del buque.

Al saltar sobre cubierta, soltó un paquete de periódicos, a los cuales se precipitaron con avidez los viajeros. Aquellos papeles, que contenían noticias de Europa y de América, eran el lazo político y civil que se estrechaba entre el Great-Eastern y ambos continentes.

CAPÍTULO XXXIII

La tempestad estaba preparada. Iba a comenzar la lucha de los elementos. Una especie de bóveda de nubes, de matiz uniforme, se redondeaba sobre nosotros. La atmósfera, oscurecida, era algodonosa por su aspecto. La Naturaleza quería dar la razón al doctor Pitferge. La marcha del buque iba siendo cada vez más lenta. Las ruedas solo daban tres o cuatro vueltas por minuto. Torbellinos de blanco vapor se escapaban por las entreabiertas válvulas. Las cadenas de las anclas estaban dispuestas. El pabellón inglés ondeaba en el pico cangrejo. El capitán Anderson había tomado todas las medidas precisas para fondear. Desde lo alto del tambor de estribor, el práctico, haciendo señales con la mano, ordenaba las evoluciones precisas para que el buque penetrara en los estrechos pasos. Pero el reflujo empezaba y el Great Eastern no podían franquear la barra de la desembocadura del Hudson. Era preciso esperar la marea creciente. ¡Aún faltaba un día!

A las cinco menos cuarto, por orden del práctico, se soltaron las anclas. Corrieron las cadenas a lo largo de los escobenes, con un estrépito comparable al del trueno. Por un momento, llegué a creer que la tempestad empezaba. Así que las uñas del ancla se hubieron agarrado a la arena, el buque permaneció inmóvil. Ni una ondulación desnivelaba la superficie del mar. El Great Eastern era un islote.

En aquel instante la bocina resonó por última vez. Llamaba a los pasajeros a la comida en que habían de despedirse. La Sociedad de Fletacores iba a prodigar el champaña. Ni uno solo hubiera querido faltar a la cita. Un cuarto de hora después, los salones estaban llenos de convidados, y la cubierta estaba enteramente sola.

Sin embargo, siete personas iban a dejar su puesto desocupado: los dos adversarios que iban a jugar su vida, y los cuatro testigos y el doctor que les asistían. La hora estaba bien elegida para el combate, así como el sitio. No había un alma sobre cubierta. Los pasajeros habían bajado a los dining rooms, los marineros estaban en sus puestos y los oficiales en su comedor particular. No había timonel en la popa, pues el buque yacía inmóvil sobre sus anclas.

A las cinco y diez minutos, Fabián y Corsican se unieron al doctor y a mí. Fabián, a quien yo no había vuelto a ver desde la escena del juego, me pareció triste, pero extraordinariamente tranquilo. Su pensamiento estaba en otra parte, y sus miradas buscaban a Elena. Se limitó a extender la mano sin pronunciar una palabra.

—¿No ha venido aún Harry Drake? — me preguntó Corsican.

—No, —contesté,— Vamos a la popa. Allí es la cita.

Fabián, Corsican y yo seguimos la gran calle. El cielo se oscurecía. Sordos gruñidos se oían en el límite del horizonte. Era una especie de bajo continuo, sobre el cual se destacaban con fuerza los vivas y los «his» que salían de los salones. Algunos relámpagos distantes marcaban la espesa bóveda de las nubes. La atmósfera estaba impregnada de electricidad.

Harry Drake y sus padrinos llegaron poco antes de las cinco y media. Aquellos señores nos saludaron y les devolvimos estrictamente su saludo.

Drake no habló una palabra. Su rostro, sin embargo, revelaba una animación mal contenida. Lanzó a Fabián una mirada de odio. Fabián ni siquiera le vio, pues se hallaba sumido en profunda meditación, sin acordarse siquiera del papel que debía representar en aquel drama.

Corsican se acercó al yanqui, testigo de Drake, y le pidió las armas. Eran floretes de desafío, cuya concha llena protegía por completo la mano que los empuñaba. Corsican los probó, los dobló, los midió y dejó elegir uno al yanqui. Mientras se hacían estos preparativos, Harry Drake había tirado su sombrero, se había quitado la levita, se había desabrochado la camisa y remangado sus puños. Después cogió el florete. Vi entonces que era zurdo, ventaja incontestable para él, acostumbrado a tirar con los que manejaban la espada con la mano derecha.

Fabián no se había movido de su puesto, cual si aquellos preparativos no tuvieran nada que ver con él. Corsican le cogió la mano y le presentó el florete. Fabián miró el arma reluciente, y pareció que recobraba la memoria en aquel momento.

Tomó el florete por su empuñadura con serenidad y mano segura.

—Es justo — dijo — ¡me acuerdo!

Después se colocó ante Drake, que cayó al punto en guardia. En aquel reducido espacio, era imposible quebrar la distancia. El combatiente que hubiese retrocedido, se hubiera visto acorralado contra la pared. Era preciso batirse, por decirlo así, a pie firme.

—Vamos, señores — dijo Corsican.

Los floretes se cruzaron. Desde los primeros pases algunos rápidos uno dos tirados por una y otra parte, ciertos ataques y paradas nos demostraron que los dos adversarios eran igualmente diestros. El aspecto de Fabián me pareció de buen augurio. Estaba sereno, era dueño de sí, casi indiferente, menos conmovido, de fijo, que sus padrinos. Drake, al contrario, le miraba con ira, con los ojos inyectados; sus dientes se veían bajo un labio crispado; su cabeza estaba sumida entre sus hombros, y su fisonomía presentaba todos los síntomas de un odio violento, que le privaba de su sangre fría. Quería matar a toda costa.

Después de algunos minutos de lucha, los floretes se bajaron. Ninguno de los dos enemigos estaba tocado. Un simple arañazo se marcaba en la manga de Fabián. Drake secaba el sudor que inundaba su rostro.

La tempestad se desencadenaba en todo su furor. El rumor de trueno era incesante, y estampidos tremendos se oían a cada momento. La electricidad se desarrollaba con tal intensidad, que de los dos aceros se desprendían penachos luminosos, como se desprenden de los pararrayos en medio de nubes tempestuosas.

Después de un corto descanso, Corsican volvió a dar la señal. Fabián y Drake volvieron a ponerse en guardia.

El segundo combate fue mucho más animado que el primerc Fabián se defendía con admirable calma, Drake atacaba con rabia. Varias veces, después de un golpe furioso, admirablemente parado, esperé una contestación de Fabián, que ni siquiera la intentó.

De pronto, después, de un quite en tercera, Drake se tiró a fondo. Creí que Fabián había sido tocado en medio del pecho, pero éste había parado en quinta, pues el golpe iba bajo. Drake se retiró, cubriéndose con un rápido semicírculo, mientras los relámpagos rasgaban las nubes sobre nuestras cabezas.

Fabián tenía excelente ocasión de responder. Pero no lo hizo. Esperó, dejando a su enemigo tiempo de reponerse.

Confieso que aquella magnanimidad, que Drake no merecía, me desagradó. Harry Drake era uno de esos hombres con quienes no conviene tener miramientos.

De repente, sin que nada pudiera explicarme tan extraño abandono de sí mismo, Fabián dejó caer su espada. Había sido tocado mortalmente sin que lo sospecháramos. Toda mi sangre se agolpó en el corazón.

Pero la mirada de Fabián había tomado una animación singular.

—Defendeos — gritaba Drake, rugiendo, recogido sobre sus piernas, como un tigre pronto a caer sobre su presa.

Creí que Fabián, desarmado, estaba perdido. Corsican iba a arrojarse entre él y su enemigo, para impedir un asesinato... Pero Harry Drake, entretanto, estaba también inmóvil.

Me volví. Pálida como un cadáver, con las manos extendidas, Elena adelantaba hacia los combatientes. Fabián, con los brazos abiertos, fascinado por aquella aparición, no se movía.

—¡Vos! ¡Vos! — gritó Drake, dirigiéndose a Elena —. ¡Vos aquí

Su espada levantada se estremecía con su punta de fuego. Parecía la espada del arcángel en manos del demonio.

De repente, un relámpago deslumbrador, una iluminación violenta envolvió la popa del buque. Me sentí derribado, medio ahogado. El relámpago y el trueno habían sido simultáneos. Se percibía un fuerte olor a azufre. Me levanté y miré. Elena estaba apoyada en Fabián. Harry Drake, petrificado, permanecía en pie, en la misma postura, pero su rostro estaba negro.

El desgraciado, llamando al rayo con la punta de su florete, había recibido todo su choque.

Elena se separó de Fabián, se acercó a Harry Drake, con la mirada llena de angelical compasión. Le puso la mano sobre un hombro... Aquel ligero contacto bastó para romper el equilibrio. El cuerpo de Drake cayó como una masa inerte.

Elena se inclinó sobre aquel cadáver, mientras nosotros retrocedíamos espantados. El miserable Harry estaba muerto.

—¡Muerto por el rayo! — dijo el doctor cogiéndome el brazo —. ¡Muerto por el rayo! ¡Ah! ¡Y no queríais creer en la intervención del rayo!

En efecto, ¿Drake había sido víctima del rayo, como afirmaba el doctor Pitferge, o, como aseguró después el médico del buque, se había roto un vaso en el pecho de aquel desdichado? No lo sé. Lo cierto es que no teníamos ante los ojos más que un cadáver.

CAPÍTULO XXXIV

Al otro día, martes 9 de abril, a las once de la mañana, el Great Eastern levaba anclas y aparejaba para entrar en el Hudson. El práctico maniobraba con incomparable golpe de vista. La tempestad se había disipado durante la noche. Las últimas nubes desaparecían en el extremo horizonte. El mar estaba animado por una escuadrilla de goletas, que se dirigían a la costa.

A las once y media llegó la Sanidad. Era un barco pequeño de vapor, que llevaba a su bordo la comisión sanitaria de Nueva York. Provisto de un balancín que subía y bajaba, su velocidad era grande; aquel buque me dio la muestra de los pequeños ténders americanos, todos del mismo modelo. Unos veinte de ellos nos rodearon muy pronto.

No tardamos en pasar más allá del Light Boat, faro flotante que marca los pasos del Hudson. Pasamos rozando la punta de Sandy Hook, lengua arenosa terminada por un paso; algunos grupos de espectadores nos aclamaron desde dicha punta.

Así que el Great Eastern hubo costeado la bahía interior formada por la punta de Sandy Hook, en medio de una escuadrilla de pescadores, distinguí las florecientes y verdes alturas de Nueva Jersey, los enormes fuertes de la bahía, y luego la línea baja de la gran ciudad, que se prolonga entre el Hudson y el río del Este, como Lyon entre el Saona y el Ródano.

A la una, después de pasar a lo largo de los muelles de Nueva York, el Great Eastern fondeaba en el Hudson, agarrando las uñas de sus anclas los cables telegráficos del río, que estuvo a punto de romper, más adelante, al levarlas.

Empezó entonces el desembarco de todos aquellos compañeros de viaje, de todos aquellos compatriotas de una travesía, que ya no debía volver a encontrar: los californianos, los mormones, los sudistas, los dos novios... Esperé a Fabián. Esperé a Corsican.

El capitán Anderson supo, por mí, los pormenores del desafío efectuado a bordo. Los médicos extendieron su certificado. No teniendo la justicia nada que ver en la muerte de Harry Drake, se habían dado las órdenes oportunas para que los últimos deberes para con él se llevaran a cabo en tierra.

En aquel instante el estadista Cokburu, que no me había hablado en todo el viaje, se acercó a mí y me dijo:

—¿Sabéis cuántas vueltas han dado las ruedas durante la travesía?

—No — le respondí.

—¡Cien mil setecientas veintitrés!

—¿Qué me contáis? ¿Y la hélice?

—¡Seiscientas ocho mil ciento treinta!

—Muchas gracias.

Y el estadista se alejó sin decirme adiós.

Fabián y Corsican se reunieron conmigo. El primero me estrechó la mano con efusión.

—¡Elena — me dijo —, Elena recobrará la razón! ¡Ha tenido un momento de lucidez! ¡Ah! ¡Dios es justo! ¡Le devolverá el juicio por completo!

Al hablar así, Fabián sonreía al porvenir. En cuanto a Corsican, me abrazó sin ceremonias, pero con rudeza.

—Hasta la vista — me gritó al tomar puesto en el ténder en que se hallaban Fabián y Elena, bajo la custodia de la hermana del capitán Macelwin, que había salido a recibirle.

El ténder se alejó, llevando aquel primer grupo de pasajeros al desembarcadero de la Aduana.

Le miré alejarse. Al ver a Elena entre Fabián y su hermana, no me quedó duda de que el amor, los cariñosos cuidados, llegarían a conseguir que aquella pobre alma extraviada por el dolor recobrara su modo natural de ser.

De pronto recibí un abrazo. Me lo daba el doctor Pitferge.

—¿Qué vais a hacer? — me dijo.

—Puesto que el Great Eastern no parte hasta dentro de ciento noventa y dos horas, y debo volver a embarcarme en él, tengo ocho días que pasar en América. Esos ocho días, bien aprovechados, bastan para ver Nueva York, el Hudson, el valle del Mohawk, el lago Erie, el Niágara y todo ese país cantado por Cooper.

—¡Ah! ¡Vais al Niágara! — gritó Pitferge —. A fe mía no me desagradará verlo otra vez, y si mi proposición no os pareciera indiscreta...

Las ocurrencias del doctor me hacían mucha gracia. Me interesaba. Era un guía ya encontrado y de mucha instrucción.

—Tocad estos cinco — le dije.

A las tres, después de haber remontado el Broadway, a bordo del ténder, nos alojamos en dos habitaciones del «Fifth Avenue Hotel».

CAPÍTULO XXXV

¡Íbamos a pasar ocho días en América! El Great Eastern debía zarpar el 16 de abril, y el día 9, a las tres de la tarde, había puesto mi planta en el suelo de la Unión. ¡Ocho días! Hay turistas frenéticos, «viajeros exprés», a quienes hubieran bastado para visitar a toda América. Yo no abrigaba tamaña pretensión, ni siquiera la de visitar Nueva York detenidamente para escribir, después de tan extrarrápido examen, un libro sobre las costumbres y el carácter de los americanos. Pero la constitución y el aspecto físico de Nueva York están pronto vistos. No ofrece mayor variedad que un tablero de damas. Calles que se cortan perpendicularmente, llamadas «avenidas» si son longitudinales y «streets» si son transversales; estas diversas vías de comunicación están numeradas correlativamente, sistema muy práctico, pero muy monótono; ómnibus americanos recorriendo todas las avenidas. Visto un barrio está vista toda la ciudad, a excepción del laberinto de callejuelas que constituyen la parte sur de la ciudad, donde se apiña la población mercantil. Nueva York es una lengua de tierra, y toda su actividad está concentrada en la punta de esta «lengua» A un lado se desarrolla el Hudson y al otro el río del Este; ambos ríos son dos brazos de mar, surcados por buques, y cuyos ferry boats unen la ciudad, a la derecha con Brooklyn, a la izquierda con las márgenes de Nueva Jersey. Una sola arteria corta oblicuamente la simétrica aglomeración de los barrios de Nueva York, llevando a ellos la vida. Es el antiguo Broadway, el Strand de Londres, el bulevar Montmartre de París; casi impracticable en su parte baja, donde afluye la multitud, y casi desierto en su parte elevada, una calle en que se codean los casuchos y los palacios de mármol; un verdadero río de coches de alquiler, de ómnibus, de caballos, de mozos de cuerda, con aceras por orillas, y sobre el cual ha sido preciso echar puentes para dejar paso a los peatones. Broadway es Nueva York, y por allí paseamos el doctor Pitferge y yo, hasta que se hizo de noche.

Después de haber comido en «Fifth Avenue Hotel», donde nos sirvieron manjares liliputienses en platos de muñecas, fui a ciar término al día en el teatro de Barnum. Se representaba un drama que atraía a la multitud: New York Streets. En el cuarto acto figuraba un incendio y una bomba de vapor servida por verdaderos bomberos. Esto producía «Great atraction».

Al día siguiente, por la mañana, dejé al doctor dedicarse a sus asuntos. Debíamos encontrarnos en la fonda a las dos. Fui al correo, Liberty Street, 51, a recoger las cartas que me esperaban, y después a Rowlingen Green, 2, a lo último del Broadway, a ver al cónsul de Francia, Mister Gauldrée Boikein, que me acogió muy bien; luego a la casa de Hoffmann, donde cobré una letra, y por último, a casa de la hermana de Fabián, mistress R..., cuyas señas me habían dejado, Calle 36, número 25. Allí adquirí noticias de Elena y mis amigos. Siguiendo el consejo de los médicos, Corsican, Fabián y la hermana de éste habían salido de Nueva York, llevando consigo a la pobre Elena, a quien los aires y la tranquilidad del campo no podían dejar de ser favorables. Una carta de Corsican me anunciaba la repentina marcha. El valiente capitán había ido a buscarme al «Fifth Avenue Hotel», pero no me había encontrado. ¿A dónde irían al salir de Nueva York? No lo sabían. Al primer sitio que impresionara a Elena, y pensaban permanecer en él mientras durara el encanto. Corsican se comprometía a tenerme al corriente, y esperaba que yo no partiera sin haber vuelto a abrazarlos a todos por última vez. Indudablemente, aunque sólo fuera por algunas horas, sería para mí una gran dicha hallarme junto a Fabián, Elena y Corsican. Pero ausentes ellos y alejado yo, no debía pensar en veros.

A las dos me encontraba de regreso en la fonda, donde encontré a Pitferge en el room, lugar lleno de gente como una Bolsa o un mercado, verdadera sala pública donde se mezclan los paseantes y los viajeros, y donde todo el que llega encuentra, gratis, agua de nieve, galleta y chester.

—¿Cuándo partimos, doctor? — le dije.

—Esta tarde, a las seis.

—¿Tomamos el railroad del Hudson?

—No, el Saint John, un barco maravilloso, un mundo nuevo, un Great Eastern de río, uno de esos admirables aparatos de locomoción que revientan con la mayor facilidad. Hubiera preferido enseñaros el Hudson de día, pero el Saint-John sólo navega de noche. Mañana, al amanecer, estaremos en Albany; a las seis tomaremos el «New York Central», railroad, y por la noche cenaremos en Niágara Falls.

Acepté a ojos cerrados el programa. El aparato ascensor de la fonda, moviéndose por su rosca vertical, nos subió a nuestras habitaciones, y nos bajó, algunos momentos después, con nuestras maletas mochilas. Un coche de alquiler, de a 20 francos la carrera, nos condujo en un cuarto de hora al embarcadero del Hudson, delante del cual el Saint John ostentaba ya, por penacho, gruesos torbellinos de humo.

CAPÍTULO XXXVI

El Saint John y el Dear Richmond, su semejante, eran los mejores buques del río. Eran edificios más que barcos, con dos o tres pisos con terrazas, corredores y galerías. Un barco de esta especie parece la habitación flotante de un plantador. El conjunto está dominado por una veintena de botes empavesados y ligados entre sí por armaduras de hierro, que consolidan el conjunto de la construcción. Los dos enormes tambores están pintados al fresco, como los tímpanos de la iglesia de san Marcos de Venecia. Detrás de cada rueda se alza la chimenea de las dos calderas, que se hallan colocadas exteriormente y no en los flancos del vapor, precaución útil en el caso de una explosión. Entre los dos tambores se mueve el mecanismo, de extremada sencillez: un cilindro con su émbolo, que mueve un largo balancín, que sube y baja como un enorme martillo de fragua y una sola biela que comunica el movimiento al árbol de las macizas ruedas.

La cubierta del Saint John estaba ya atestada de viajeros. El doctor y yo tomamos posesión de un camarote que comunicaba con un salón inmediato, especie de galería de Diana, cuya redondeada bóveda descansaba en una columnata corintia. Por todas partes comodidad y lujo: tapices, alfombras, divanes, objetos de arte, pinturas, espejos y luces de gas, fabricado a bordo, en un pequeño gasómetro.

En aquel momento, la colosal máquina se estremeció. Emprendíamos la marcha. Subí a las terrazas superiores. En la proa había una casa brillantemente pintada: era la cámara de los timoneles. Cuatro hombres vigorosos estaban junto a los radios de la doble rueda del gobernalle. Después de un paseo de algunos minutos, bajé a cubierta entre las calderas ya rojas, de donde se escapaban pequeñas llamas azules, al impulso del aire que despedían los ventiladores. Del Hudson, no me era posible ver nada. La niebla que avanzaba con la noche, «podía cortarse con cuchillo». El Saint John se hinchaba en la sombra como un formidable mastodonte. Apenas se distinguían las lucecillas de los pueblos situados a orillas del do y los faroles de los barcos de vapor que remontaban las oscuras aguas, dando terribles silbidos.

A las ocho, entré en el salón. El doctor me llevó a cenar a una magnífica fonda instalada en el entrepuente y servida por un ejército de criados negros. Dean Pitferge me hizo saber que el número de viajeros pasaba de 4.000, entre los cuales se contaban 1.500 emigrantes, alojados en la parte baja del barco. Terminada la cena, fuimos a acostarnos a nuestro cómodo camarote

A las once, me despertó una especie de choque. El barco se había parado, pues el capitán no, se atrevía a navegar al través de tan densas tinieblas. Anclado en el canal, el enorme buque se durmió tranquilamente sobre sus anclas.

El Saint John prosiguió su marcha a las cuatro de la mañana. Me levanté y fui a la galería de proa. La lluvia había cesado; las nubes se elevaban; aparecieron las aguas del río y después las orillas; la derecha accidentada, cubierta de árboles verdes y de arbustos que le daban el aspecto de un largo cementerio; en último término, altas colinas limitaban el horizonte con una graciosa línea. Al contrario, en la: orilla izquierda sólo había terrenos llanos y fangosos. En el cauce mismo del río, muchas goletas aparejaban para aprovechar la primera brisa, y los vapores remontaban la rápida corriente del Hudson.

Pitferge había ido a buscarme a la galería.

—Buenos días, compañero — me dijo después de aspirar con fuerza el aire fresco — sabed que esta maldita niebla ha modificado mi programa, pues no llegaremos a Albany a tiempo de tomar el primer tren.

—Es lástima, doctor, porque no tenemos tiempo de sobra.

—¡Bah! Todo se reduce a llegar por la noche a Niágara Falls, en vez de llegar por la tarde.

La modificación me desagradaba, pero forzoso era resignarse.

Efectivamente, el Saint John no quedó amarrado al muelle de Albany antes de las ocho. El tren de la mañana ya había salido; teníamos que aguardar el tren de la una y cuarenta. Podíamos, pues, visitar sosegadamente la curiosa ciudad que forma el centro legislativo del Estado de Nueva York, la ciudad baja, comercial y populosa, establecida en la orilla derecha del Hudson, y la ciudad alta, con sus casas de ladrillo, sus establecimientos útiles y su famoso museo de fósiles. Parece que uno de los grandes barrios de Nueva York se ha trasladado a la ladera de aquella colina, sobre la cual se desarrolla en anfiteatro.

A la una, después de almorzar, estábamos en la estación, estación libre, sin vallas ni guardas. El tren paraba en medio de la calle, como un ómnibus. Se sube cuando se quiere a aquellos vagones sostenidos en la parte delantera y en la trasera, por un sistema giratorio de cuatro ruedas. Los carruajes comunican entre sí por pasillos que permiten al viajero pasear de extremo a extremo del tren. A la hora marcada, sin que hubiéramos visto a ningún empleado, sin un toque de campana, sin aviso de ningún género, la jadeante locomotora nos arrastró con velocidad de 12 leguas por hora. No estábamos almacenados como en los coches de los ferrocarriles de Europa, sino que podíamos pasear, comprar libros y periódicos.

Las bibliotecas y los vendedores ambulantes marchan con el viajero. El tren volaba por entre campos sin barreras, bosques en que se habían hecho cortas recientes, a riesgo de tropezar con troncos de árboles; ciudades nuevas con anchas calles surcadas por rails, pero que aún carecían de casas, ciudades cuyos nombres son los más poéticos de la historia antigua: Roma, Palmira, Siracusa. Todo el valle del Mohawk, desfiló ante nuestros ojos; así entablé conocimiento con el país que pertenece a Fenimore como el Sob Roy a Walter Scott. Brilló por un momento, en el horizonte, el lago Ontario, teatro de las escenas de la obra maestra de Cooper.

A las once de la noche pasamos al tren de Rochester, y atravesamos las rápidas corrientes de Tennesse, que huían en forma de cascadas, bajo los vagones. A las dos de la madrugada llegamos a Niágara Falls; el doctor me condujo a una fonda soberbia, llamada «Cataract House».

CAPÍTULO XXXVII

El Niágara no es un río, ni siquiera un riachuelo. Es una sangría natural de desagüe, un canal de 36 millas de largo, que vierte en el lago Ontario las aguas de los lagos Superior, de Michigan, del Hurón y del Erie. La diferencia de nivel entre este último y el Ontario, repartida con uniformidad de pendiente en todo el trayecto, no hubiera podido formar ni un rápido, pero sólo las caídas absorben su mitad; de esto procede su fuerza.

Este curso de agua separa los Estados Unidos del Canadá. La orilla izquierda es americana, pero la derecha es inglesa. A un lado, policemen; al otro, ni su sombra.

El día 12 de abril, al amanecer, Pitferge y yo bajábamos por las anchas calles de Niágara Falls, pueblo formado al lado de las cascadas, a 300 millas de Albany, especie de pequeña ciudad «de aguas» edificada en lugar pintoresco, con buenas fondas y agradables casas de campo que los yanquis y canadienses habitan en la buena estación. El tiempo era hermoso; brillaba el sol en un cielo que respiraba frío. Oíanse lejanos mugidos. En el horizonte se distinguían vapores que no debían ser nubes.

—¿Es la catarata? — pregunté a Pitferge.

—¡Paciencia! — contestó.

Pronto llegamos a orillas del Niágara. Las aguas del río, transparentes y poco profundas, corrían tranquilas; por algunos puntos asomaban puntas de rocas negruzcas. Los mugidos se hacían más y más fuertes, pero aún no veíamos la catarata. Un puente de maderos que descansaban en arcos de hierro, unía la orilla izquierda con una isla situada en el centro del río. El doctor me condujo a él. Agua arriba se extendía el río hasta perderse de vista, agua abajo, es decir, a nuestra derecha, se conocía el primer desnivel de un rápido; más allá, a media milla del puente, desaparecía el terreno por completo, hallándose el aire lleno de nubes de agua en polvo. Aquello era el salto americano. Más lejos se pintaba un paisaje tranquilo, algunas colinas, casas de campo, árboles secos, es decir, la orilla canadiense.

—¡No miréis! ¡No miréis! — me gritaba el doctor —. ¡Reservaos! ¡Cerrad los ojos y no los abráis hasta que yo os avise!

Pero yo no hacía caso de aquel tipo original, y miraba. Pasado el puente, pisamos la isla. Era Goat Island, la isla de la Cabra, un trozo de 70 fanegas, cubierto de árboles, surcado por soberbias calles de árboles, por donde pueden circular carruajes, arrojados como un ramillete, entre los dos saltos de agua, americano y canadiense, separados por una distancia de 300 yardas. Corríamos por debajo de aquellos grandes árboles, trepando las pendientes y dejándonos resbalar para descender. Redoblaba el estruendo de las aguas; nubes gigantescas de húmedos vapores rodaban por el espacio.

—¡Mirad! — exclamó el doctor.

Al salir de un bosquecillo, el Niágara acababa de aparecer ante nuestros ojos en todo su esplendor. En aquel punto formaba un recodo brusco, y redondeándose para formar el salto canadiense, el horse shoe fall, herradura, caía desde una altura de 158 pies, con una anchura de dos millas.

La Naturaleza, en aquel lugar, uno de los más hermosos del mundo, lo ha combatido todo para encantar la vista. El recodo del Niágara favorece singularmente los efectos de luz y sombra. El sol, hiriendo aquellas aguas bajo todos los ángulos, diversifica caprichosamente sus colores; de fijo, quien no haya visto aquel efecto, no lo admitirá sin dificultad. En efecto, cerca de Goat Island, la espuma es blanca, es nieve inmaculada, es una corriente de plata líquida que se precipita en el vacío. En el centro de la catarata, las aguas tienen un admirable color verde, que revela cuán gruesa es allí la capa de agua; así el buque Detroit, que calaba veinte pies, pudo bajar la catarata sin tocar. Al contrario, hacia la orilla canadiense, los torbellinos, como metalizados bajo los rayos luminosos, resplandecían, como si fueran de oro derretido que se precipitara al abismo. Debajo, el río es invisible. Los vapores revolotean en espeso torbellino. Vi, sin embargo, enormes carámbanos acumulados por los fríos del invierno, que afectan formas de monstruos que, con sus bocas abiertas, absorben en cada hora los cien millones de toneladas que derrama en ellas el inagotable Niágara. Media milla agua arriba de la catarata, el río corre pacífico, presentando una superficie sólida que las primeras brisas de abril aún no logran derretir.

—¡Ahora al centro del torrente! — me dijo el doctor.

¿Qué quería decir? Yo no le entendía, pero me señaló una torre edificada sobre un peñasco, a algunos centenares de pies de la orilla, al borde mismo del precipicio. Aquel «audaz» monumento, levantado en 1833 por un tal Judge Porter, se llama «Terrapintower».

Descendimos por las rampas laterales del Goat Island. Al llegar a la altura del curso superior del Niágara, vi un puente, formado por algunas tablas echadas sobre puntas de peñas, que unían la torre a la orilla. Aquel puente costeaba el abismo, a algunos pasos sólo de distancia. El torrente mugía por debajo. Nos aventuramos sobre aquellos maderos, y al cabo de algunos instantes, llegamos a la principal roca de las que soportan el «Terrapintower». Aquella torre redonda, de 45 pies de altura, es de piedra. En lo más alto de ella se desarrolla un balcón circular, rodeando un tejado cubierto de estuco rojizo. La escalera de caracol es de madera. En sus escalones están escritos millares de nombres. El que llega a lo alto de la torre, se agarra a la barandilla del balcón, y mira.

La torre está en plena catarata. Desde su cumbre, las miradas penetran en el abismo, hundiéndose hasta la garganta de aquellos monstruos que beben el torrente. Se siente cómo tiembla la roca que sostiene la torre. En torno de ella se descubren desmoronamientos espantosos, como si el lecho del río cediera. No se oye hablar. De aquellos remolinos de agua, salen truenos. Las líneas líquidas humean y silban, como saetas. La espuma llega a lo alto del monumento. El agua pulverizada se eleva por los aires, formando un espléndido arco iris.

Por un simple efecto de óptica, parece que la torre se mueve con terrible velocidad, pero retrocediendo, afortunadamente, porque, si la ilusión fuese al contrario, el vértigo sería irresistible, nadie podría mirar aquel abismo.

Jadeantes, fatigados, entramos un momento al piso alto de la torre. Allí, el doctor creyó oportuno decirme:

—Este Terrapintower, amigo mío, caerá algún día al abismo; tal vez mucho antes de lo que se cree.

—¿De veras?

—Es indudable. El gran salto canadiense retrocede, insensiblemente, pero retrocede. En 1833, cuando se construyó la torre, distaba de la catarata mucho más que hoy. Los geólogos sostienen que hace 35.000 años, la catarata estaba en Queenstown, siete millas aguas arriba de la posición que hoy ocupa. Según mister Bakewell, retrocede un metro por año; según sir Charles Lyell, un pie nada más. Llegará, pues, un momento en que la peña que sostiene la torre, corroída por las aguas, se deslizará por las pendientes de la catarata. Pues bien, acordaos. El día en que el Terrapintower vaya a parar al abismo, habrá dentro de la torre algunos excéntricos que se bañarán en el Niágara con ella.

Miré al doctor, como preguntándole si sería alguno de aquellos excéntricos; pero me indicó que le siguiera, y volvimos a contemplar el horse shoe fall y el paisaje que le rodea. Distínguese desde allí, un poco encorvado, el salto americano, separado por la punta de la isla, en que se forma también una pequeña catarata central, de 100 pies de anchura. El salto americano, igualmente admirable, es recto y no sinuoso, y su altura es de 164 pies. Pero, para poderlo ver en todo su desarrollo, es preciso colocarse enfrente de ella, en la orilla canadiense.

Durante todo el día, vagamos por las márgenes del Niágara, irresistiblemente atraídos por aquella torre en donde los mugidos de las aguas, la niebla de los vapores, el juego de los rayos solares, la embriaguez y los perfumes de la catarata, mantienen al espectador en perpetuo éxtasis. Después regresamos a Goat Island para examinar la gran cascada desde todos los puntos de vista, sin cansarnos nunca de verla. El doctor hubiera querido llevarme a la Gruta de los Vientos, ahuecada detrás de la catarata central y a la cual se llega por una escalera practicada en la punta de la isla, pero en aquella temporada, estaba prohibido acercarse a ella, a causa de los frecuentes hundimientos que se producían, desde hacía algún tiempo, en aquellas peñas quebradizas.

A las cinco estábamos de vuelta en Cataract House. Después de comer rápidamente, fuimos otra vez a Goat Island. El doctor quiso volver a ver las Tres Hermanas, deliciosos islotes situados a lo último de la isla. Llegada la noche, me llevó de nuevo al tembloroso peñasco de Terrapintower.

El sol se había puesto tras las sombrías colinas. Los últimos resplandores del día habían desaparecido. La luna brillaba en todo su esplendor. La sombra de la torre se proyectaba, alargándose sobre el abismo. Aguas arriba, las aguas tranquilas se deslizaban bajo la ligera bruma. La orilla canadiense, y sumida en tinieblas, contrastaba con las masas más iluminadas del Coast Island y del pueblo Niágara Falls. Bajo nuestros pies, el antro, aumentado por la penumbra, parecía un abismo infinito, en el cual mugía la formidable catarata. ¡Qué impresión! ¡Qué artista podrá reproducirla, con la pluma o el pincel! Una luz movediza apareció en el horizonte... Era el farol de un tren que pasaba por el puente del Niágara, colgado a dos millas de nosotros. Permanecimos así hasta la medianoche, mudos, inmóviles, en lo alto de aquella torre, irresistiblemente inclinados sobre el torrente que nos fascinaba. Finalmente, así que los rayos de la luna hirieron, según cierto ángulo, el polvo líquido, distinguí una faja láctea, una cinta diáfana que temblaba en la sombra. Era un arco iris lunar, una pálida irradiación del astro de la noche, cuyo tibio resplandor se descomponía al atravesar las brumas de la catarata.

CAPÍTULO XXXVIII

El programa del doctor marcaba, para el día siguiente, 13 de abril, una visita a la orilla canadiense. Un paseo. Bastaba seguir las alturas que forman la derecha del Niagara por espacio de dos millas, para llegar al puente colgante. Salimos a las siete de la mañana. Desde el sendero sinuoso que costea la orilla derecha, se distinguían las aguas tranquilas del río, que ya se había repuesto de los remolinos de su caída.

A las siete y media llegamos a Suspension Bridge. Es el único puente que conduce al Great Western y al New York Central Railroad, el único que da entrada al Canadá en los confines del Estado de Nueva York. Está formado por dos tableros; por el superior pasan los trenes y por el inferior, situado a 23 metros por debajo del primero, pasan los carruajes ordinarios y los peatones. La imaginación se niega a seguir en su atrevido trabajo al ingeniero John A. Roebling, de Trendon (Nueva Jersey), que se determinó a construir un viaducto en tales condiciones: un puente colgante que da paso a trenes de ferrocarril, situado a 250 pies sobre el Niágara, transformado de nuevo en rápido. El Suspension Bridge tiene 800 pies de largo y 24 de ancho. Tirantes de hierro, sujetos en las orillas, le preservan del balanceo. Los cables que lo sostienen, formado cada uno por 4.000 alambres, tienen diez pulgadas de diámetro y pueden soportar un peso de 12.400 toneladas. Inaugurado en 1855, costó 500.000 dólares. Cuando llegábamos a la mitad del puente, pasó un tren sobre nuestras cabezas, sentimos cómo el tablero se hundía más de un metro bajo nuestros pies.

Un poco aguas abajo de este puente está el sitio por donde Blondin pasó el

Niágara, por una cuerda tirante, de orilla a orilla; no lo atravesó, pues, por encima de las cataratas. Pero no por eso era la empresa menos arriesgada. Pero si mister Blondin nos asombra por su audacia, ¿no debe admirarnos más el amigo que, montado en su espalda le acompañaba en aquel paseo aéreo?

—Debía ser un glotón — dijo el doctor —, porque Blondin hacía las tortillas admirablemente, sobre su cuerda tirante.

Estábamos ya en la orilla canadiense; subimos por la orilla izquierda del Niágara, para ver las cascadas bajo otro aspecto.

Media hora después, entrábamos en una fonda inglesa, donde el doctor hizo servir un desayuno conveniente. Recorrí el libro de los viajeros, en el cual figuran multitud de nombres. Entre ellos estaban los siguientes: Roberto Peel, lady Franklin, conde de Paris, príncipe de Joinville, Luis Napoleón (1846), Barnum, Mauricio Sand (1865), Agassis (1854), Almonte, príncipe Hohenlohe, Rothschild, lady Engin, Burkardt (1862), etc...

Terminado el almuerzo, el doctor dijo:

—¡Ahora vamos a ver las cataratas por debajo!

Le seguí. Un negro nos condujo a un vestuario donde nos dio un pantalón y una esclavina impermeables y un sombrero de hule. Así vestidos, el negro nos guió por un sendero resbaladizo, surcado por desagües ferruginosos, obstruidos en muchos puntos por piedras negras con afiladas aristas, hasta que llegamos al nivel inferior del Niágara. Pasamos después, por entre vapores de agua pulverizada, a colocarnos debajo de la gran catarata, que caía por delante de nosotros como el telón de un teatro por delante de los actores. ¡Pero qué teatro! ¡Qué corrientes tan impetuosas formaban las capas de aire, violentamente desalojadas! Mojados, ciegos, ensordecidos, no podíamos vernos ni oírnos, en aquella caverna tan herméticamente cerrada por las láminas líquidas de la catarata, como si la Naturaleza la hubiera cubierto con un muro de granito.

A las nueve, habíamos regresado ya a la fonda, donde abandonamos nuestros mojados ropajes. Vuelto a la orilla, lancé un grito de sorpresa y de alegría.

—¡Corsican!

El capitán me oyó y se acercó a mí.

—¡Vos aquí! — exclamó —. ¡Qué alegría!

—¿Y Fabián? ¿Y Elena? — pregunté, mientras nos estrechábamos las manos.

—Ahí están, todo lo bien que es posible. Fabián lleno de esperanza, y

Elena recobrando poco a poco la razón.

—Pero ¿cómo os encuentro en el Niágara?

—El Niágara — respondió Corsican — es el punto de cita veraniega de los ingleses y los americanos. Aquí se respira; aquí, ante el sublime espectáculo de las cataratas, se recobra la salud. Este hermoso paisaje impresionó a Elena, y por eso hicimos alto aquí, en la margen del Niágara. Mirad esa casa de campo, Clifton House, en medio de los árboles, a media ladera. En ella vivimos, en familia, con la hermana de Fabián, que se ha consagrado a nuestra pobre amiga.

—¿Ha reconocido Elena a Fabián?

—No, aún no — respondió el capitán —. Sabéis, sin embargo, que, en el momento de caer Harry Drake herido mortalmente, Elena tuvo un instante de lucidez. Su razón se abrió paso al través de las tinieblas que la envolvían. Pero aquella lucidez desapareció pronto. No obstante, desde que se halla en medio de este aire puro, en este medio tranquilo, el doctor ha notado una mejoría sensible en el estado de Elena. Está serena, su sueño no es inquieto, en sus ojos se ve como un esfuerzo para recobrar algo, de lo pasado o del porvenir.

—¡Ah, querido amigo! — le dije —. La curaréis. Pero ¿dónde están Fabián y su prometida?

—¡Mirad! — dijo Corsican, extendiendo el brazo hacia el Niágara.

En la dirección indicada, distinguí a Fabián, que aún no nos había visto. Estaba en pie sobre una roca, sin separar su mirada de Elena, que estaba sentada a algunos pasos de él. Aquel sitio de la orilla derecha se llama «Table Rock». Es una especie de promontorio peñascoso, volado sobre el río que muge a doscientos pies por debajo. En otro tiempo, la superficie volada era mayor. Pero derrumbamientos sucesivos de enormes trozos de piedra han reducido su superficie a algunos metros cuadrados.

Elena contemplaba la Naturaleza, sumida en mudo éxtasis. Desde aquel sitio, el aspecto de los saltos de agua es más sublime, dicen los guías, y tienen razón. Es una vista de conjunto de ambas cataratas: a la derecha se ve la canadiense, cuya cresta, coronada de vapores, cierra por este lado el paisaje como un horizonte de mar; enfrente se ve el salto americano, y encima el elegante pueblo de Niágara Falls, medio perdido entre los árboles, y toda la perspectiva del río, que se esconde entre sus elevadas orillas; debajo, el torrente que lucha con los témpanos desprendidos.

No quise distraer a Fabián. Corsican, el doctor y yo nos habíamos acercado a Table Rock. Elena conservaba la inmovilidad de una estatua. ¿Qué impresión dejaba aquella escena en su espíritu? ¿Renacía, poco a poco, su razón, bajo la influencia de aquel grandioso espectáculo? Vi que, de pronto, Fabián dio un paso hacia ella. Elena, levantándose bruscamente, había avanzado hacia el abismo, tendiendo al antro sus brazos, pero, de repente, se había detenido, pasando la mano por su frente como si quisiera borrar de ella alguna imagen. Fabián, pálido como un cadáver, pero sereno, se había colocado de un salto entre Elena y el precipicio. Elena había sacudido su rubia cabellera; su cuerpo encantador se estremecía. ¿Veía a Fabián? No. Parecía una muerta que volvía a la vida y que trataba de reconocer la existencia en tomo suyo.

Corsican y yo no nos atrevíamos a dar un paso; sin embargo, tan cerca de Fabián y Elena estaba el antro, que temíamos un desastre. Pero el doctor Pitferge nos contuvo:

— Dejad a Fabián — dijo — dejadle hacer.

Oíanse los sollozos que brotaban del pecho de la joven. De sus labios brotaron palabras inarticuladas. Parecía que trataba de hablar y no podía. Por fin, oímos estas palabras:

—¡Dios mío! ¡Dios todopoderoso! ¿Dónde estoy?

Entonces tuvo conciencia de que había alguien junto a ella, y volviéndose a medias, apareció a nosotros transformada; una expresión nueva vivía en sus ojos. Fabián, tembloroso, permanecía delante de ella, mudo, con los brazos abiertos.

—¡Fabián! ¡Fabián! — exclamó por fin Elena.

Fabián la recibió en sus brazos, en los cuales cayó inanimada. El joven lanzó un grito desgarrador, pues creía muerta a su prometida. Pero el doctor intervino.

—Tranquilizaos — dijo a Fabián — esta crisis la salvará.

Elena fue transportada a Clifton House, y depositada en su lecho, donde, pasado el desmayo, quedó sumida en plácido sueño.

Fabián, animado por el doctor y lleno de esperanza (¡Elena le había reconocido!) se acercó a nosotros.

—¡La salvaremos! — me dijo — ¡La salvaremos! Todos los días espero la resurrección de su alma. Hoy, mañana tal vez, ¡mi Elena me será devuelta! ¡Ah! ¡Cielo clemente! ¡Bendito seas! Permaneceremos aquí cuanto tiempo sea preciso por ella. ¿No es verdad, Arquibaldo?

El capitán apretó con efusión a Fabián contra su pecho. Fabián se volvió hacia mí y al doctor. Nos prodigó sus muestras de cariño. Nos envolvía en su esperanza. ¡Y jamás estuvo mejor fundada! La curación de Elena estaba próxima...

Pero forzoso era para nosotros partir. Apenas nos quedaba una hora para llegar a Niágara Falls. En el momento que nos separamos de tan queridos amigos, Elena dormía aún. Fabián nos abrazó. Corsican nos ofreció darnos, por telegrama, noticias de Elena, y a las doce habíamos salido de Clifton House.

CAPÍTULO XXXIX

Algunos instantes después, bajábamos por una cuesta muy larga de la orilla canadiense, que nos condujo a la orilla del río, casi enteramente obstruido por los hielos. Una barca nos esperaba para llevarnos «a América». Un viajero, ingeniero de Kentucky, que reveló al doctor su nombre y profesión, estaba ya embarcado. Nos sentamos junto a él sin perder momento; ya separando los témpanos, ya rompiéndolos, la barca llegó al medio del río, donde tenía el paso más expedito. Desde allí dirigimos la última mirada a la admirable catarata del Niágara. Nuestro compañero la examinaba atentamente.

—¡Qué hermosa es! — le dije —. ¡Es admirable!

—Sí — me respondió — pero ¡cuánta fuerza motriz desperdiciada! ¿Qué molino podría poner en movimiento, con semejante salto de agua?

Jamás he experimentado más feroz deseo de echar un ingeniero al agua.

En la otra orilla un pequeño ferrocarril, casi vertical, movido por un canal desviado de la catarata americana, nos llevó a la altura, en pocos segundos. A la una y media tomábamos el expreso que, a las dos y cuarto, nos dejaba en Buffalo. Después de visitar esta reciente y hermosa ciudad, después de haber probado el agua del lago Erie, tomamos el ferrocarril central, a las seis de la tarde. Al otro día, llegamos a Albany, y el ferrocarril del Hudson que corre a flor de agua a lo largo de la orilla, nos dejaba en Nueva York, a las pocas horas.

Empleé el día siguiente en recorrer, acompañado del infatigable doctor, la ciudad, el río del Este y Brooklyn Llegada la noche, me despedí del buen doctor con verdadera pena, pues comprendía que dejaba en él un verdadero amigo.

El martes, 16 de abril, era el día marcado para la salida del Great Eastern; a las once me personé en el embarcadero número 37, donde el ténder, ya con muchos pasajeros a su bordo, me esperaba. ¡Me embarqué! En el momento en que el ténder iba a desatracar sentí que me cogían por el brazo. Me sorprendió agradablemente ver que era el doctor Pitferge.

—¡Vos! — exclamé —. ¿Regresáis a Europa?

—Sí, mi querido amigo.

—En el Great Eastern.

—Sí — me dijo sonriendo —. He reflexionado y parto. Pensadlo bien: este será tal vez el último viaje del Great-Eastern, el viaje del cual no se vuelve.

La campana iba a tocar para la salida, cuando uno de los camareros del «Fifth Avenue Hotel», corriendo a todo correr, me entregó un telegrama de Niágara Falls. «Elena ha resucitado. Ha recobrado la razón por completo. El doctor responde de ella.» Así me decía el capitán Corsican.

Comuniqué tan grata nueva al doctor Pitferge.

—¡Responde de ella! ¡Responde de ella! — replicó gruñendo mi compañero de viaje —. Yo también respondo. Pero ¿qué prueba eso? ¡Quien respondiera de mí, de vos, de todos nosotros, amigos míos, tal vez se equivocara!

Doce días después, llegamos a Brest, y al día siguiente a París. La travesía de regreso se había hecho sin accidente, con gran sentimiento de Pitferge, que esperaba siempre su naufragio.

Al hallarme sentado delante de mi mesa, si no hubiera tenido a la vista estos apuntes de cada día, el Great-Eastern, la ciudad flotante que había habitado por espacio de un mes, el encuentro de Elena y Fabián, el incomparable Niágara, todo me hubiera parecido un sueño. ¡Ah, cuán hermosos son los viajes «hasta cuando se vuelve de ellos», diga el doctor lo que quiera!

Por espacio de ocho meses, permanecí sin oír hablar de aquel tipo original. Pero un día, el correo me trajo una carta de timbres multicolores, que empezaba con estas palabras:

«A bordo del Cornogny, arrecifes de Aukland. Por fin hemos naufragado... »

Y terminaba con éstas:

«¡Qué bien me encuentro! Vuestro de todo corazón Dean Pitferge.»

FIN